독사의 자식들아

독사의 자식들아

펴낸날 2025년 1월 17일

지은이 황인두
펴낸이 주계수 | **편집책임** 이슬기 | **꾸민이** 최송아

펴낸곳 밥북 | **출판등록** 제 2014-000085 호
주소 서울특별시 마포구 양화로 156 LG팰리스빌딩 917호
전화 02-6925-0370 | **팩스** 02-6925-0380
홈페이지 www.bobbook.co.kr | **이메일** bobbook@hanmail.net

© 황인두, 2025.
ISBN 979-11-7223-060-9 (03810)

독사의
자식들아

황
인
두

내란죄 윤석열과 그 일당을 심판하는 탄핵 시집

밥북
B·OO·K

너는 고개를 들어라,
땅으로 흘러내린 자존심이
먼지처럼 가벼워지는 순간에

국민의 눈빛은 차갑다
그러나 그 차가움 속에는
너를 다시 일으키고픈
절박한 염원이 있다

모든 것을 자백하라
너의 이름을 새긴 법 앞에,
그 법이 너를 덮칠지라도
흔들림 없이 서라

독사의 자식들아

사형을 마다하지 않겠다는
그 한 마디로 남을 이끄는
마지막 한 걸음의 귀감이 되어라

구차한 핑계는 없다
오직 내려놓음만이,
부끄럽지 않은 이름으로
너를 남길 것이다

혼란의 시대, 국민의 염원과 희망은 오롯이 지도자의 거울에
비춰져야 합니다.
그 거울은 한 점 흐림 없이 투명해야 하며,
국민의 눈물과 분노, 고통과 기대를 담아낼 수 있어야 합니다.

윤석열, 그 이름은 지금도 역사의 풍랑 속에 서 있습니다.
그가 정의와 법치를 수호할 의지가 약하다 할지라도,
그의 발걸음은 국민의 이상을 비추는 거울로 작용하고 있습니다.
그의 선택과 행보는 시대를 기록하는 반영이며,
우리 모두가 마주해야 할 거울이기도 합니다.

이 시집은 단순한 글의 모음이 아닙니다.
이는 스스로를 돌아보며 법과 양심 앞에서
지도자가 져야 할 무거운 책임을 묻고,
국민을 위한 진정한 귀감으로 남길 바라는
강렬한 소망과 요청의 기록입니다.

삶의 끝자락에서조차 당당히 역사의 빛이 되기를.
자신의 과오를 돌아보며 국민에게 더 적은 실망을 안기고,
새로운 길을 열어가는 결단을 보여주기를.
이 모든 마음을 여기에 담았습니다.

독사의 자식들아

모두의 정의를 위해,

지도자는 자신을 비추고 내어줄 준비가 되어야 합니다.

그 결심이야말로 위대한 용기이자,

최소한 국민에게 용서를 비는 모습으로 남는 귀감일 것입니다.

이 시집은 윤석열이라는 이름과 그의 선택이

우리 시대에 남긴 가장 중요한 질문을 품고 있습니다.

그 질문에 답하며, 우리는 더 나은 미래를 향해 나아가고자 합니다.

이 시집을 통해 독자 여러분이 함께 고민하고,

우리 모두가 시대를 바꾸는 주체로 거듭나길 간절히 바랍니다.

한 사람의 지도자에 대한 기록이 아니라,

우리가 만들어갈 새로운 시대의 단초가 되기를 바라며,

감사한 마음으로 이 글을 시작합니다.

2025년 1월 3일

백절 황인두

1 / 기억의 장

2 / 절망의 장

3 / 척결의 장

4 / 역사의 장

5 / 희망의 장

1 /

기억의 장

헌정의 무게

그대의 이름은 헌법이라,
국민의 가슴에 새겨진 약속이었거늘.
어느 날, 그 약속 위에 그림자가 드리우고
정의는 깊은 어둠 속에서 떨고 있었다

우두머리라 불린 이는
침묵 속에서 신념 아닌 욕망을 노래하며
헌정의 다리를 무너뜨리고자 했네
그 다리 위를 걷는 국민의 발걸음은 무겁고도 조심스러웠다

탄핵의 이름으로 묻는다
계엄의 칼날은 무엇을 겨누었는가?
국회의 숨소리를 막고,
자유를 두드리던 손을 떼게 한 이는 누구인가?

검찰의 기록 속에 새겨진 흔적,
그 속에 담긴 진실은 거짓을 찢고
빛으로 나와 헌정의 수레바퀴를 돌린다
법이 숨을 쉬고, 정의가 다시 걷는다

독사의 자식들아

이 나라는 국민의 것이기에,
헌법은 부서지지 않는 약속이기에.
그대여, 진실의 눈으로 보라
역사는 침묵하지 않는다

우리가 다시 세울 다리는
정의와 자유의 강 위에 놓일 것이다
국민의 손으로, 국민의 목소리로.

다른 이름, 같은 그림자

윤석열과 박근혜,
다른 이름이지만
그들의 그림자는 같은 곳에 드리운다
국민을 외면한 채
권력의 성벽 속에 숨은 자들
단일 대오라 외치지만
그 안은 균열로 가득하다

비상계엄의 망령이
다시금 고개를 들고,
부정선거의 구호가
진실을 흐리게 한다
그러나 묻노니,
그대들은 국민 앞에서
무엇이라 답할 것인가?

촛불의 기억은
아직도 우리의 가슴에 살아 있다
그 불씨를 억누를수록
더 큰 불꽃으로 타오르리라
그대들의 침묵은
스스로를 옥죄는 밧줄이 될 것이다

독사의 자식들아

윤석열은 박근혜와 다르다 했으나,
그 길 끝에 남는 것은
같은 질곡, 같은 심판.
국민의 눈물과 분노 앞에서
그대들은
결코 자유로울 수 없으리라

진실을 가리고자 한 자들이여,
기억하라
역사는 냉혹한 거울이 되어
그대들의 얼굴을 비출 것이다
그리고 그 거울 속에서
우리는 또 다른 이름의 비극을 보리라.

극우의 그림자

어두운 그림자가 드리운 자리,
그곳에선 진실의 빛마저 질식한다
편협과 배타, 폭력과 권위,
그 모든 단어가 하나의 이름으로 묶일 때,
우리는 그것을 극우라 부른다

보수라는 깃발 아래,
진정한 가치와 신념은 뒤로 밀려났다
자유를 외쳤으나 쇠사슬을 걸었고,
책임을 논했으나 혐오로 답했다
그는 보수의 탈을 쓴 극우의 사도였다

그대, 국민을 위한다 말했으나
그 목소리는 권력의 잔에 담겼고,
그 손길은 상처 난 대지 위로
더욱 날카로운 바람을 몰아왔다

보수의 이름이 울부짖는다.
"우리를 배신한 이는 누구인가?"
그대의 권좌는 불의 위에 세워졌고,
그대의 약속은 잿더미로 돌아갔다

독사의 자식들아

이제 우리는 외친다
거짓을 베어내고,
암세포를 도려내어,
새로운 길을 열어가자

보수는 극우가 아니다
진정한 보수는 자유와 책임,
화합과 신뢰를 품은 이름.
그 그림자를 걷어내고,
우리의 길을 되찾아야 한다

불타는 소나무처럼,
어둠 속에서 빛나는 별처럼,
우리의 역사는 다시 태어날 것이다
극우의 잿더미를 넘어,
새벽의 빛으로 이어지리라.

텃밭의 이름으로

텃밭이라 불리는 이 땅,
역사의 비가 스며든 곳,
그곳에서 민심은 차갑고도 뜨겁게,
촛불처럼 흔들린다

누구를 위한 계엄인가?
누구를 위한 침묵인가?
법의 이름 아래 무너진 약속이
거리마다 메아리친다

억압 속에서도 피어나는 꽃,
그 꽃잎은 진실을 말한다
한 줌 권력을 쥐려는 손아귀가
흔들어도 꺾지 못할 의지를,

텃밭이란 이름을 맹신한 이여,
뿌리가 썩으면 열매는 없다
민심의 파도가 부서질 때,
그대는 어디에 서 있는가?

독사의 자식들아

한 사람, 한 목소리,
그 목소리가 물결이 되어
역사의 방향을 틀 것이다
내일의 텃밭은 오늘과 다르리라.

쇠망치 아래 흔들리는 밤

어느 날,
대한민국의 밤은
유리창이 깨지는 소리로 깨어났다
쇠망치가 문짝을 부수고,
도끼가 침묵의 장벽을 허문다
그 소리, 대통령의 입에서 흘러나온다

"끌어내라!"
그 외침은 바람처럼 퍼져
본회의장의 문턱을 넘어
국민의 가슴을 찢는다
150명의 숫자 앞에서,
민주주의는 도망칠 곳을 잃는다

누군가 말했다.
"계엄령을 두 번, 세 번 더."
그 말은 철조망처럼 목을 조르고
거리는 어둠으로 잠식된다
민주주의란 이름의 나무가
뿌리째 뽑히는 소리가 들린다

독사의 자식들아

그러나 우리는 기억한다.
이 땅의 역사가 피로 써내려간
정의의 흔적을.
쇠망치로 부순다고,
도끼로 찢는다고,
그 믿음이 사라지지 않음을

한 줌의 빛은 여전히
우리의 가슴속에서 타오른다
우리가 외친다
"침묵하지 않으리라."
쇠망치 아래에서도,
도끼날 끝에서도,
민주주의는 다시 살아날 것이다

이 땅의 아침은 결코 빼앗기지 않으리라.

의사당의 담장

한밤의 국회,
적막 속 담장 너머에선
계엄 아닌 민주당 지지자들,
그들의 외침은 바람 같았으리라.

그날, 담장을 넘은 이들의 무릎엔
피딱지가 맺혔고,
그들의 손엔 민주가 들려 있었네.
그러나 어떤 이는 가지 않았으니,
갈 수 없었다는 변명만 남기며

국회의원이란 이름의 무게,
담장을 넘을 용기조차 없다면
그 이름을 부를 자격이 있는가?
담장에 남은 피의 흔적과
담장 너머의 침묵은
그날의 진실을 속삭이리라

어두운 밤, 민주란 깃발 아래
용기란 이름이 허공을 갈랐다.
그리고 부끄러움은 담장에 남아,
그들의 가슴을 두드릴 것이다

독사의 자식들아

의사당의 담장,
그날의 증인이 되어
역사의 페이지에 새겨지리라.

사도광산, 그 땅에 묻힌 이름들

사도섬, 그 어둠 깊은 광산에서
얼마나 많은 별들이 꺼져갔던가.
낮에는 땅을 파고,
밤에는 꿈을 잃으며
조국의 하늘을 그리던 그들.

그 손에 묻은 것은
금빛 광물이 아닌
핏빛 땀방울이었고,
그 땅에 새겨진 것은
삶의 무게를 짓누르던 비명이었다.
80년이 흘렀다
그러나 이 땅은 아직도 말이 없다
역사의 진실을 감춘 채
그저 유산이라 포장하며
사과 대신 유감을 말하는 그들.

유족들이 서 있는 자리엔
아버지, 형제, 친구의 기억이 서려 있다
눈물로 적시는 기숙사의 터전,
고통과 억울함이 묻힌 그곳에
한 줌의 위로마저 닿지 않았다

독사의 자식들아

우리는 묻는다.
그들의 죽음은 과연 무엇이었는가
사도광산은 금빛인가,
아니면 핏빛인가.
그들의 이름을 잊지 않는 것이
우리의 몫이 아니겠는가

이제 우리는 선언한다
그들의 이름을 부르고,
그들의 이야기를 쓰고,
그들의 고통을 세상에 새길 것이다
사도광산의 어둠을 넘어
빛을 되찾는 날까지.

남한산성, 그날의 겨울

고립된 성벽에 갇힌 겨울,
눈발은 백성의 울음처럼 성 안팎에 흩날렸네
우유부단한 임금의 번민,
거센 바람 속에 흔들리는 촛불 같은 나라의 운명

최명길은 한 줌의 희망을 위해
차가운 가슴을 억누르며 굴욕을 택했지만,
김상헌은 대의를 위해
불타는 심장으로 칼을 들었네

두 대신의 부딪히는 외침 속,
왕은 머뭇거리며 눈을 감았고,
백성의 피로 적신 대지는
이미 차디찬 절망으로 굳어졌네

오늘의 성벽은 어디인가?
윤석열의 욕망은 어디로 뻗어 나가고,
무지한 판단의 칼날은
누구의 가슴을 또 찌르고 있는가?

독사의 자식들아

풍전등화 같은 우리의 현실,
다시 역사는 우리에게 묻는다
누가 백성을 위해 울 것이며,
누가 이 겨울의 성벽을 허물 것인가?

남한산성의 눈물은
오늘도 내리며 묻는다,
나라란 누구를 위한 것인가?

전쟁이 장난인가?

전쟁이 장난인가
자신의 이익을 위해
불씨를 던지는 그들,
폭발하는 삶을 장난감 삼아
웃음 짓는 그들은
인간의 탈을 쓴 무엇인가

국민을 볼모로 삼아
무엇을 하겠다는가?
나라가 무너져도 상관없다는 듯
탑을 쌓는 그들의 욕망은
결국 누구를 위한 것인가

계엄의 이름 아래
전쟁을 의도하고
정당성을 꾸미는 자들,
그들의 손에 들린 깃발은
피로 물든 비극의 상징

독사의 자식들아

웃음이 터진다,
아니, 눈물이 흐른다.
그들이 만든 전쟁의 연극은
우리의 삶을 집어삼킨다

우리는 기억해야 한다.
그들의 탐욕이 만든 전쟁터에서
누구의 목숨이 꺼졌는지를
우리는 외쳐야 한다
그들의 욕망을 멈추게 할
진실과 정의를

전쟁은 장난이 아니다
누군가의 생명을,
누군가의 사랑을,
누군가의 꿈을 삼키는
비극의 끝이다

그들에게 묻는다
당신들의 이익이
그토록 무겁다면,
우리의 삶은
그보다 가벼운 것인가?

우리는 싸울 것이다
탐욕과 불의에 맞서
평화와 생명을 위해
우리의 노래를,
우리의 외침을
다시 세상에 새길 것이다.

독사의 자식들아

세월호 그리고 그 한 사람

모두가 울고 싶어도 눈물이 말랐습니다
그러나 그 한 사람은 울고 싶지 않나 봅니다
잊지 말자며 손을 맞잡은 우리의 맹세,
그 한 사람은 생각하기조차 싫다며 어디론가 떠났습니다

영혼들을 위로하고자
모두가 한마음이 되었는데,
그 한 사람은 자신의 빛깔을 고치기에 바쁩니다
진실로 새로운 세상을 열고자 하는 열망에
그 한 사람은 눈길조차 주지 않고 등을 돌립니다

잠들지 못한 물결은
바닷물을 몰고 와 떠나질 못하고,
파도는 세월호의 슬픔을 안고
하얗게 젖어 울고 있습니다

사람은 잠에서 깨면 일어나는데,
세월호는 아직도 깊은 잠에 빠져 있습니다
모두가 그 잠을 깨우고자 애쓰지만
그 한 사람은 "잠이 보약"이라며 고개를 돌립니다

진도 앞바다의 어린 영혼들이
고통 속에서 손을 내미는데도
그 한 사람은 귀를 막고,
노란 리본에 담긴 눈물의 의미를
쳐다보기도 싫다며 외면합니다

힘이 없다고 좌절하지 맙시다
우리의 손길을 모읍시다
망설임에 갇혀 있지 맙시다.
용기를 내어 그들의 빛이 됩시다

독사의 자식들아

찬 바닷속을 헤매는 어린 영혼,
우리가 앉아서 울기만 한다면
그 고귀한 넋들은 어디서 위로받겠습니까?

오늘 밤 별빛마저 숨어버리면,
수장된 어린 꽃들은
집으로 돌아오는 길을 찾지 못할 겁니다

우리의 손과 마음으로
그들을 품고,
그들을 위로하는 길을
함께 열어가야 할 때입니다.

외조냐? 내조냐?

누가 대통령인가, 묻는다
손꼽히는 이름은 윤석열이어야 하건만
보이지 않는 손길이
국가의 머리칼을 엉키게 한다

김건희는 그림자인가, 빛인가?
그들의 역할은 교묘히 뒤엉켜
내조와 외조의 경계는 사라지고
대통령직의 무게는 공중에 부유한다

나라의 이름으로 서 있는 이가
누구인지 알 수 없는 이 현실,
그들의 무대는 빛을 잃은 연극이고
국민의 마음은 그늘진 객석이다

엉망진창의 국토 위에서
우리는 다시 묻는다.
대통령의 자리는 누구의 것인가?
그 책임의 짐은 누구의 손으로 짊어질 것인가?

독사의 자식들아

날이 밝기 전에
그들이 멈춰 서길,
국민의 희망이 더는
짓밟히지 않기를 바랄 뿐이다.

본질의 얼굴

성형이 능사가 아니다
한 번 깎고 다듬은 얼굴이
모든 것을 감출 순 없다
빛나는 겉모습 뒤에 숨은
본질의 목소리는 어디로 갔는가

성형이 능사가 아니다
이름난 지혜를 빌려
내 몸을 맡긴다 한들
길 잃은 마음은 되돌아오지 못한다
본질을 잃은 지혜는
텅 빈 껍데기일 뿐이다

김건희, 그녀의 손놀림은
마치 얼굴 위의 메스로
진실을 찢고, 본질을 가린다
자신의 그림자를 잃은 채
어디로 향하는지도 모른다

독사의 자식들아

국가의 얼굴은 이제
거울 앞에서도 정체를 모르고,
국민의 눈물로 뒤덮인다
성형이 능사가 아니듯
우리는 본질을 찾아야 한다

본질은 우리의 뿌리이자
흔들리지 않는 우리의 중심이다
그것을 잃으면 우리는
부서진 거울 조각처럼
갈 곳을 모른 채 흩어질 것이다

본질의 얼굴을 되찾자
거짓의 가면을 벗고
진실의 빛으로 서야 할 때다.

밀정

검은 그림자, 밀정의 행보
역사의 뒤안길을 더럽히는 발자국
그는 나약한 진실을 칼날로 가르고,
그 칼끝은 민족의 가슴을 향해 있다

누구의 이름을 빌린 자격인가,
누구의 뜻을 짓밟은 탐욕인가?
헌법의 지붕 아래 불법을 쌓아 올리고
정의의 강줄기를 틀어막는 손

밀정이여, 그대의 거짓된 미소는
붉은 피로 얼룩진 우리의 역사에
또 다른 상처를 새기려 하지만,
우리는 멈추지 않는다

진실은 어둠 속에서도 밝음을 찾고,
정의는 억압 속에서도 길을 낸다.
밀정의 그림자는 오래가지 않으리
우리 민족의 함성, 그대의 허울을 찢으리라

오늘의 밀정은 내일의 법정에 서고,
그날의 진실은 빛을 쏘아 올리리라
역사의 이름으로,
우리는 반드시 이겨낼 것이다.

잿빛 하늘에 핀 목련

지친 하늘에 별빛을 헤아리다
손끝마저 닿지 않아,
심장의 붉은 맥으로 세던 밤이 있었습니다

민주의 노래는 피의 선율로 울리고,
자유의 꽃은 간절한 꿈의 재로 피어난다는 걸
이제야 알았습니다

거센 비바람 속에서도 꺼지지 않는 촛불을 보며
흔들리는 나를 질책했지만,
희망은 그런 나약함 속에서도 숨 쉬었습니다

군홧발의 그림자가 철커덕 다가오고,
총성이 하늘을 찢어놓을 듯 울려 퍼질 때,
5월의 장미는 아직 가시도 돋지 못한 채
떨어지는 꽃잎을 바라보았습니다

독사의 자식들아

피의 왕관을 꿈꾸던 이들이 만든 세상에서
들리지 않는 울음소리와 함께 살아왔습니다
욕망에 눈먼 자들이 억압의 사슬로 묶은 곳에서,
잘린 목소리를 찾아 헤매던 날들은
어디로 흘러갔을까요

가장 두려운 것은 죽음이 아니었습니다
작아지는 결심, 희미해지는 삶,
거리에 남은 핏빛 흔적들이었습니다

스러진 나뭇가지에 기대어
가로등이 별처럼 빛나는 밤,
그 아래 서성이는 고양이의 눈빛에서
나는 살고자 하는 몸부림을 보았습니다

잿빛 하늘 아래 목련이 툭툭 떨어지며
잠든 아기를 깨우고,
그 울음소리가 세상을 흔듭니다
소리 너머의 소리를 찾으며
잿빛 너머의 빛을 보기 시작했습니다
이제는 벗어나리라, 억압의 무게에서!
흔들리는 유혹을 딛고 일어서리라!
과거를 품기 위해 용서의 문신을 새기고,
어리석은 광기마저도 사랑의 끈으로 묶으리라

빛고을의 희망은 대한민국을 넘어
세계를 자유케 하리라
5월 영혼의 노래는 생과 사를 넘어
영원한 평화로 울려 퍼지리라.

독사의 자식들아

4월의 깃발

억압의 그림자가 드리운 밤,
침묵은 길었으나 결코 영원하지 않았다
이승만의 성벽,
그곳에 새겨진 권력의 욕망은
국민의 꿈을 가두려 했지만
민주의 씨앗은 이미 땅에 뿌려졌네

1950년대의 끝자락,
분노의 숨결이 골목마다 피어났다
민족의 가슴 속 깊이
불타오르던 자유의 불꽃.
부정의 손길이 권력을 움켜쥘수록
그 손바닥 아래서 더 강렬히 뛰는
주권의 맥박.

4월,
거리마다 울려 퍼진 함성은
한낱 외침이 아니라
민주의 역사가 되었다.
한 사람의 고독한 외침이
수천의 목소리로,
억압의 벽을 무너뜨렸다

그리고 그날,
독재의 상징은 무너졌고
이승만의 그림자는 사라졌다
그러나 혁명의 씨앗은
그 자리에서 멈추지 않았다

민주를 향한 열망은
60년대, 70년대, 그리고 그 이후로도
수많은 희생 속에서
결코 꺼지지 않는 등불로 빛났다

독사의 자식들아

4월 혁명,
그날의 정신은 여전히 살아
오늘의 우리가 서 있는 땅에
깊게 뿌리내리고 있다.
억압 속에서도 일어섰던 그 용기는
새로운 아침을 준비하는 우리의 힘

우리는 외친다.
진실과 자유를 향한 길 위에서
결코 멈추지 않으리라
4월의 깃발은 여전히 휘날리고,
그 깃발 아래 민주는
더욱 빛나리라.

미련한 미꾸라지

미꾸라지 한 마리가
물속을 휘저으며
고요한 연못을 혼탁하게 만든다
미련함은,
그저 작은 파동이라 여겼건만
어느새 물길을 막고
강산을 뒤엎는다

하늘 아래 모든 생명은
물 없이 살 수 없고,
공기 없이 단 한 순간도 견디지 못한다
대한민국의 주권은
오직 국민에게 있다
모든 권력은 국민으로부터 나온다

그러나 미련한 미꾸라지 한 마리가
그 주인을 외면하고,
주인의 삶을 짓밟으려 한다
탐욕과 욕심이
하늘을 찌르듯 쌓이고,
이 미친놈의 광기는
온 나라를 쑥대밭으로 만든다

독사의 자식들아

미련한 미꾸라지의 약은
몽둥이뿐,
이제는 끌어내야 한다
주인이 두 다리를 쭉 뻗고
평온히 잠들 수 있도록,
맑은 물이 다시금 흐르도록 합시다.

독사의 자식들아

너희가 법의 이름을 걸치고
헌법의 옷자락을 찢으며
국민의 피와 땀을 짓밟았구나
너희 손에 묻은 부정과 탐욕,
그 끝은 어디인가?

젊은 심장이 떨치고 일어나
정의의 깃발을 높이 들 때,
생계를 뒤로한 서민의 손이
진실의 맹세를 하늘에 맹세할 때,
너희는 한남동의 벽 뒤에 숨어
경호라는 철창에 너희 악을 숨기려 했구나

헌법은 울부짖고,
법체계는 너희의 발아래 무너졌으며,
경제는 너희 욕망의 불길에
타들어 가 재가 되었구나

성경에 기록된 독사의 자식들이여,
너희는 용서받지 못하리라.
역사의 법정은 반드시 열리고,
깨어난 시민의 목소리는
천둥처럼 울릴 것이다

독사의 자식들이여,
너희가 유린한 이 땅의 고통과
부서진 체계의 잔해 위에서
우리는 다시 일어설 것이다
역사의 불꽃이 타오르리니,
너희 이름은 재와 먼지가 되어
바람에 흩날릴 것이다
깨어난 시민의 외침 속에
우리 후손의 희망은 빛나리라
너희를 넘어설 우리의 자유와 정의는
결코 꺼지지 않는 등불이 되어
이 땅의 길을 비출 것이다

용서받지 못할 독사의 자식들아,
너희는 끝내 사라질지니,
우리의 영원한 투쟁과 승리가
너희 죄악의 끝을 알리리라.

손절각*과 내란의 힘

동맹의 분노는 강물처럼 흐르는데
그대는 그 물길을 보지 못하네.
경고의 메아리가 산을 넘어 울려도
귀를 닫은 채, 길을 잃은 이여.

자본의 시장은 침묵 속에 울부짖고
질타의 칼날이 바람처럼 날카로운데,
그대는 무너진 다리 위에서
외면하며 고독한 춤을 추네.

내란의 그림자 아래
누구의 손을 잡으려 하는가?
피해자의 울음소리에 잠식된 채,
상대의 외침은 모래바람처럼 흩어지고.

무시와 반복은 언젠가
지쳐버린 손을 놓게 하리라.
동맹도, 자본도, 국민도
그대 곁을 떠날 날이 오리니.

---

* 손절각은 주식 시장에서 특정 주식의 가치가 하락할 때, 더 큰 손실을 방지하기 위해 매도 결정을 내리는 각도를 뜻함.

독사의 자식들아

손절각이 드리워진 이 순간,
그대는 아직도 무엇을 보고 있는가?
허공을 향해 휘두르는 칼끝이
스스로를 겨누는 법을 모르는가?

더 늦기 전에 돌아보라.
강물은 더 이상 흘러주지 않으며,
바람은 차갑게 등을 돌렸으니.
손절의 날이 오기 전에,
손을 내밀고 길을 묻는 것이
어쩌면 마지막 구원의 빛일지도.

보이지 않는 손

보이지 않는 손이
깊은 어둠 속에서 움직인다
진실을 가두고, 정의를 억누르며,
한 사람의 목소리를 벼랑 끝으로 몰아간다

그는 바른길을 걸었을 뿐이었다
진실의 빛을 좇아,
침묵 속에서 울부짖는 영혼들의
눈물을 닦아주고 싶었을 뿐이었다

하지만 어느 날,
그 모든 것이 뒤바뀌었다
정의는 칼이 되었고,
진실은 멍에가 되었다
법정의 이름 아래, 항명의 굴레 속에,
그는 홀로 서 있었다

누가 이 손을 움직였는가?
누가 이 나라의 양심을 팔아
흐릿한 그림자를 만들었는가?
부끄러운 심판이
어디에서 왔는지 물어야 한다

독사의 자식들아

우리는 기억해야 한다.
다시는 이 땅에
억울한 눈물이 흐르지 않도록,
정의의 옷을 입고
비겁함을 숨기지 않도록,

보이지 않는 손이 멈추는 날,
진실은 다시 빛날 것이다
그날, 죗값은 가슴 깊이 새겨지고
정의는 더 이상 흔들리지 않으리라.

절망의 장

검사의 꿈, 국민의 눈물

법정에서 정의를 묻던 자여,
그대의 서명은 약속이 아니었던가?
진실을 비추던 망치가
어느새 권력의 칼로 변했구나

검사의 자리에서 대통령으로,
그대는 무엇을 잃었는가?
공정의 깃발, 중립의 기둥,
그 모든 것이 허공에 흩어졌다

검찰의 칼날은 국민을 겨누고,
그대의 꿈은 정치의 발판이 되어
정의의 집을 무너뜨렸다
그 잿더미 위에,
누구의 희망이 서 있을까?

탄핵의 이름으로 묻는다
그대의 권력은 무엇을 지켰는가?
법 앞의 평등을 지웠던 날,
국민의 눈물이 그대를 심판하리라

독사의 자식들아

검사정치의 무너진 탑 아래,

우리는 다시 묻는다.

정의란 무엇인가?

그 답은 오직 민심 속에 있으리라.

천일의 초침

2022년 3월 9일,
국민의 손끝이 그의 이름을 불렀다
새벽의 약속처럼 빛나던 순간,
그는 대한민국의 어깨에 올라섰다

천일의 기록은 시작되었고,
시계의 초침은 쉼 없이 흘러갔다
그러나 그 시간이 쌓아온 것은
희망이 아닌 무지,
신뢰가 아닌 무식,
헌신이 아닌 탐욕이었다

6시간의 계엄,
그 순간 초침은 멈췄다
국민의 숨결 속에서 얼어붙은 시간,
이해할 수 없는 어둠이 나라를 덮었다

독사의 자식들아

윤석열의 적은 누구였던가?
국민인가, 정치인가, 아니면 운명인가?
아니었다
그의 진짜 적은 그 자신이었다
스스로를 망가뜨리고,
스스로를 잃어버린 천일의 기록

이제 초침은 다시 흐를 것인가?
역사는 묻는다
망가진 시간을 다시 세울 힘은
무지가 아닌 지혜로,
탐욕이 아닌 헌신으로부터 오는 것임을

천일의 기록이 끝나는 곳에서,
우리 모두는 새로운 시작을 묻는다
그 시간의 끝에서,
대한민국은 무엇을 배웠는가?

침묵의 박수

박수는 소리다
손바닥과 손바닥이 부딪혀
울림으로 피어나는 결의의 외침.
그러나, 오늘의 박수는
차가운 침묵에 불과하다

용산의 돌계단 위에
역사의 무게를 던진 자,
제왕의 그림자를 걷어내겠다던 자는
역사의 벽을 허물고
새로운 어둠을 쌓았다

젊은 꿈은 유죄라 낙인찍히고
수천 명의 숨결은 숫자로 바뀌었다
백만의 의사가 외치는 분노는
바람 속에 스쳐 지나간다

그곳에 박수는 있었다
말리는 손 하나 없고,
따져 묻는 입 하나 없었다
박수 부대라 불리는 이름들,
그 침묵은 누구를 위한 소리였는가

독사의 자식들아

이제는 묻는다.
우리는 무엇을 지키려 박수를 쳤던가?
역사의 물줄기를 뒤엎고,
진실의 다리를 부수는 순간에도
그 손뼉은 멈추지 않았다

그러나 박수는 멈출 수 있다
침묵은 깨어질 수 있다
그날의 소리는
더 이상 박수가 아닌,
깨어난 손의 외침으로 변해야 한다

우리는 역사의 연극을 멈추고
새로운 막을 올려야 한다
손뼉 사이로 퍼지는 울림이 아닌
진실을 향한 손짓을 시작해야 한다.

배신의 그림자

한반도의 산천은 울부짖고
동트는 강물은 핏빛으로 물들었네.
이완용, 네 이름은 역사의 멍에,
우봉*의 땅에 부끄러움으로 새겨졌도다.

을사년의 칼날은 네 손에서 빚어지고,
고종의 눈물은 너의 야욕에 흐려졌으며,
헤이그의 외침은 너의 음모에 갇혔다.
그날의 한일병합, 네 붓끝에서 완성되었으니.

양심은 어디 있었느냐?
너의 가슴은 무엇으로 뛰었느냐?
명예를 가장하여 조국을 팔고,
영광을 탐하여 민족을 등졌으니,
네 앞엔 황금이 빛났겠으나,
뒤에는 조상의 한숨이 사무쳤다.

---

* 우봉(牛峰) 이완용의 호.

독사의 자식들아

한 줌의 영달을 위해
조국의 심장을 찔렀던 그 손길.
역사는 잊지 않는다.
그 날의 배신은 돌에 새겨지고
그날의 피눈물은 강물이 되었다.

하지만 기억하라, 이완용.
네 이름은 부끄러움의 다른 이름,
네 생애는 민족의 비극 속 그림자.
우리는 네 배신 속에서 하나 되었고
너의 어둠 속에서 빛을 찾았으니,
결코, 너는 우리의 끝이 아니었다.

오늘도 우리는 서 있다.
너의 잘못을 심판하며
민족의 혼으로 다시 일어서리라.
그리고 약속하리라.
다시는 역사가 배신으로 물들지 않도록,
결코, 네 이름 같은 어둠이 오지 않도록.

긴 수식어의 나라

긴 수식어로 얽힌 이름,
그 안에 담긴 무너진 약속.
헌법의 종이 위에 새겨진 정의는
이제 어디로 가고 있는가

시간은 흐르고,
국민의 목소리는 갈라지며,
지친 한숨이 겨울바람처럼 스며든다
그토록 외쳤던 '국민을 위하여'
그 외침은 왜 메아리 없이 사라졌는가

탄핵의 서류가 문을 두드리고,
출석 요구가 침묵을 뚫지만
대답 없는 회전문은
여전히 권력의 둥지를 지키고 있다

긴 수식어를 지운다는 것은
국민의 염원을 새기는 일,
법 앞에 서는 용기를 내는 일
하루가 급한 지금,
이 긴 겨울을 끝내야 할 책임은 누구의 것인가

독사의 자식들아

내란 혐의, 직권남용, 탄핵 심판,
이 모든 무게를 짊어진 이름
이제는 단순하고 정직한 이름으로
역사의 페이지에 남겨질 날이 올 것인가

긴 수식어가 사라진 나라,
그곳에서 국민은
봄의 노래를 다시 부를 수 있을까.

이태원의 밤

이태원의 골목,
숨결 하나가 빛으로 꺼져가던 곳.
세상은 축제로 들썩였지만,
그곳엔 무거운 정적이 깃들었다

159개의 별이 사라진 밤,
그들의 이름조차 기억하지 못한 채
침묵으로 덮으려 했던 자들
애도의 꽃을 꺾고,
반성의 길을 막아선 그들.

정의는 어디에 있었나?
비명은 하늘을 찔렀건만,
귀를 막고 눈을 감은 채
책임은 먼 곳으로 떠밀리고,
추억은 차가운 바람에 흩어졌다

우리는 누구를 믿어야 하는가?
고통의 현장을 외면한 권력,
희생 앞에서 조롱하듯 굳어진 얼굴들
눈물마저 빼앗긴 이 땅에
정의의 싹은 언제 자라날 것인가?

독사의 자식들아

이태원의 밤은 묻는다
우리의 침묵은 죄가 아니었는지,
그날의 교훈은 어디로 사라졌는지
다시는 이런 비극이 없기를 바랐건만,
바람은 또다시 외면당하고 있다

이제는 외쳐야 한다
침묵하지 않겠다고,
기억하겠다고,
그리고 끝내 변화시키겠다고
그날의 밤이,
희망의 아침으로 다시 태어나도록.

고도의 직업병

그대는 법정의 칼날을 휘두르며
의심으로 진실을 베어내던 검사,
그러나 이제는 정의의 무게를 잃고
의심의 칼끝으로 국민을 겨누네

대통령이라 불리는 이름 아래
그대는 여전히 단죄의 옷을 입고,
적이라 부르는 이들을 하나씩 제거하며
협치의 다리는 불길 속에 던졌네

경제는 누더기가 되고
서민의 한숨은 하늘을 찌르건만,
그대의 침묵은 너무나도 단단하여
고통의 울림조차 튕겨 나간다

분열의 말은 독처럼 스며들어
국민은 서로를 미워하기에 바쁘고,
헌법이 품은 자유와 평등은
그대의 손에서 조각난 채 흩어진다

독사의 자식들아

친위쿠데타라는 그림자가 드리운 밤,
민주주의의 성벽은 흔들리고,
그대의 이름은 역사 속에서
조롱과 분노로 새겨질지니

그대는 성공한 검사일지 모르나,
대통령으로서는 실패한 자
국민의 가슴을 어둠으로 채운 이는
빛나는 미래를 설계하지 못하리라

그러나 기억하라,
역사의 물결은 결코 멈추지 않으니,
그대의 오만과 독선은
언젠가 진실의 법정에 설 것이다

그때가 오면,
법이 아닌 사람의 이름으로
그대의 죄를 묻고,
민주의 이름으로 그대의 족쇄를 풀리라.

말미잘 같은 윤석열

바닷속,
그늘진 암초에 조용히 붙어사는
말미잘이 있다
겉으로 보면 부드럽게 흔들리는
촉수들이 평화로워 보인다
하지만 그 촉수 끝에는 독이 숨어 있다
이 독은 누가 다가오든
상관하지 않고 상대를 마비시킨다
자신을 지키는 것 같지만,
사실은 바다의 질서를
어지럽힌다

흰동가리라는 물고기가 다가와
말미잘에게 함께 살자고 제안한다
말미잘은 은신처를 내주는 척하지만,
더 많은 것을 빼앗아 간다
그 독은 언제나 먼저 퍼지고,
누가 이 거래에서 더 얻었는지는
알 수 없다

독사의 자식들아

말미잘은 한곳에 붙어 있으면서도
끊임없이 촉수를 흔들어 바다를
흐리게 하고, 물살을 거슬러
올라간다
하지만 아무리 흔들어도
바다는 결국 본래의 모습을
기억한다
바다를 진정으로 채우는 것은
말미잘 같은 존재가 아니라,
깊고 조용한 물결이다

윤석열,
너는 말미잘처럼
세상을 어지럽히는가?
너의 행동은 바다의 한 조각이
되고자 한 것인가,
아니면
바다를 덮은 상처 같은 흔적을
남긴 것인가?
너의 촉수는 무엇을 위해
흔들리는가?

그리고 그 흔들림이 만든 파도는
어디로 향했는가?
너의 바다에는 이제 평화가 없다
윤석열
너의 세계에는 분열과 파괴만이
있을 뿐이다
이제 너는 더딜지 모르지만,
응당한 처벌만이 기다리고 있다.

독사의 자식들아

선천성 면역결핍증 환자 윤석열

칼춤을 추는 자,
피비린내 나는 무대 위에서
격노와 분노로 자신의 그림자를 찢는다

격리되지 않은 악은
결국 여의도 광장에 드리운 채찍이 되고,
우리는 묻는다.
누가 이 칠흑 같은 밤의 끝에서
새벽을 부를 것인가?

어두운 밤, 달이 숨을 죽이고
바람은 멈추었다.
윤석열의 숨결은 쇳덩이처럼 무겁고
그의 발자국은 대지의 균형을 무너뜨린다

염치라는 단어는 그의 혀끝에 닿지 못했고
사랑이라는 노래는 그의 가슴에 울리지 않았다
배려는 한낱 먼지처럼
그의 손끝에서 사라졌고,
배움의 기쁨은 술잔 속에서 가라앉았다

그는 기억을 잃었다
과거의 아픔을 되새기지 않고,
미래의 희망을 그리지 않는다
그는 독재의 씨앗에서 자라나
칼춤을 추며 어둠 속에 독을 퍼뜨린다

윤석열은
사랑의 선천성 면역결핍증이요,
배려의 선천성 면역결핍증이요,
배움의 선천성 면역결핍증이요,
기억의 선천성 면역결핍증 환자다

그는 무도한 계엄령을 품에 안고
국가를 혼란에 빠뜨리며
국민을 피폐하게 만든다
피비린내 나는 계엄의 비수가
우리의 등 뒤를 겨눈다

독사의 자식들아

그러나, 우리는
찬란한 아침이 오는 꿈을 꾼다
칼춤이 멈추고
여의도광장이 자유의 노래로 가득 찬
시민혁명의 날을 기대한다

한 자루의 칼이 백만 개의 촛불 아래 녹아내리고
불꽃은 새로운 시대를 연다
살기 좋은 나라,
사랑이 숨 쉬는 나라,
정의가 강물처럼 흐르는 나라를 꿈꾼다

그날,
여의도 광장에는 더 이상 칼춤이 없고
시민의 함성이 하늘에 닿으리라
우리는 그날의 새벽을 기다리며
밝히고 또 밝힌다.

망령의 춤

박정희, 강철 빛의 손에
피로 쓰여진 역사의 페이지
그는 질서를 외쳤지만,
그 질서 속에서 자유는 묶이고,
민중의 숨은 질식했네

전두환, 총성으로 덧칠한 밤,
피로 젖은 땅이 진실을 삼켰다
그가 세운 권력의 성벽은
억울한 넋의 비명을 막지 못했네

이명박, 탐욕의 왕관을 쓰고
강을 팔고 산을 무너뜨렸다
자연의 눈물을 닦는 대신,
자본의 노래를 불렀네

박근혜, 무지의 깃발을 흔들며
민주의 빛을 감옥에 가두었다
침묵을 강요하고,
진실의 목소리를 삼켰네

독사의 자식들아

그리고 지금,
윤석열, 그들의 유산을 모은 자,
강철 빛 손과 탐욕의 심장,
총성의 메아리와 무지의 외침,
그 모든 흔적이 그의 그림자 속에 살아있다

그는 묻는다,
진실을 어디에 두었느냐고
그러나 그의 발걸음은
역사를 짓밟고,
어둠을 더 짙게 한다

우리는 외친다
민주주의는 상처받았으나
결코 사라지지 않을 것이다.
그들의 흔적 속에서도
우리는 새벽을 준비한다

망령이 춤추는 이 땅 위에서,
우리는 다시 희망을 심는다
진실은 결코 죽지 않는다.

귀감

너는 고개를 들어라,
땅으로 흘러내린 자존심이
먼지처럼 가벼워지는 순간에

국민의 눈빛은 차갑다
그러나 그 차가움 속에는
너를 다시 일으키고픈
절박한 염원이 있다

모든 것을 자백하라
너의 이름을 새긴 법 앞에,
그 법이 너를 덮칠지라도
흔들림 없이 서라

사형을 마다하지 않겠다는
그 한 마디로 남을 이끄는
마지막 한 걸음의 귀감이 되어라

구차한 핑계는 없다
오직 내려놓음만이,
부끄럽지 않은 이름으로
너를 남길 것이다

독사의 자식들아

너의 유연한 자세가
수많은 무너진 가슴에
희망의 불씨가 되기를

마지막 부탁이다,
너는 귀감이 되라.

어둠 속의 균열

국정의 태양 아래
어둠은 숨을 죽이며
보이지 않는 손길로 균열을 만든다

말 없는 음영,
결정 뒤집히는 날들의 흔적,
귓가에 스치던 한 목소리.
그것이
바람인가, 의도인가

신념은 흔들리고
의혹은 불씨가 되어
국민의 마음을 태운다.
굴레 속에 묶인 진실,
그 빛은 언제 드러날 것인가

무속의 그림자 아래,
역사의 길목에 선 우리가 묻는다.
누가 이 나라를 이끄는가?
누구의 손이 우리의 내일을 쓰는가?

독사의 자식들아

허공에 흩날리는 이름들 사이,
진실은 무겁고
책임은 더 무겁다
그러나 언젠가
국정의 빛이 그늘을 삼키고
참된 길이 다시 열릴 날,
그날을 우리는 기다린다.

출석 요구서

강이 흐른다.
침묵으로 물든 강이,
그대의 집 앞에 멈춘다
출석 요구서처럼
돌아오지 않는 메아리,
그대는 문을 열지 않는다

법을 품고 살았던 자여,
30년의 시간 속에
공정과 상식을 외치던 입술은
어느덧 말라버렸는가
그대의 침묵은
새벽녘 안개처럼 짙고,
우리의 외침은
갈라진 땅 위로 스며들 뿐

출석을 요구하는 강물은
이제 범람을 꿈꾼다
그대의 침묵이
모래성을 무너뜨릴 때,
우리는 무엇을 잃고
무엇을 남기겠는가

독사의 자식들아

돌아오라, 문을 열어라
그대의 길은
법과 정의의 길이어야 했으나,
그대의 발자국은
어둠 속으로 사라진다.

내란의 그림자

깊은 어둠 속에서
조국의 등불은 흔들린다
민생의 땀으로 세운 집에
탐욕의 손길이 뻗쳐온다

기억하라,
이 땅은 역사의 피와 눈물로 이루어졌음을.
배반은 겨울보다 차갑고,
분열은 불꽃보다 잔인하다

내란의 이름으로 저지른 죄악,
민족을 갈라놓고
국가의 뿌리를 흔드는 자여,
너는 누구인가?

한 줌의 권력에 눈이 멀어
희망의 씨앗을 짓밟은 자여,
역사의 심판은 너를 비켜 가지 않을 것이다

독사의 자식들아

깨어난 민초의 숨결이
차가운 쇠사슬이 되어
그대의 거짓을 묶을 날,
진실은 비로소 빛을 찾으리라

우리의 정의는 침묵하지 않는다
우리의 분노는 결코 헛되지 않는다
이 땅의 미래는
결국,
민족의 이름으로 승리할 것이다.

불법의 성벽

법은 백성의 울타리라 했건만,
어느덧 그 성벽은 제 권력의 아성으로 변해가네
체포영장은 정의의 깃발이어야 하거늘,
그 손에 붙들린 채 휘청거리고,
판사의 이름마저 탄핵의 나락에 던지려 하다니

누구를 위한 나라였던가,
백성을 위한 것이라 자부하던 그 입술은
이제 권력의 장막 뒤로 숨었네.
탐욕의 손길로 쌓은 성벽은
더럽고도 단단하게, 인의 장막으로 둘러쳐지고

못된 윤석열이여,
정의는 기다리지 않는다.
심판의 무게를
진정으로 헤아리지 못한다면,
그대는 역사의 손가락질을 피하지 못하리라

잠시라도 머뭇거림은
곧 백성의 실망이 되고,
그 실망은 분노로,
분노는 더 큰 외침으로 자라날 것이다

독사의 자식들아

윤석열이여,
그대의 이름이 권력으로 남기보다
역사의 교훈으로 새겨질 날을 기억하라.
법 앞에서 모두가 평등하다는
그 단순하고도 숭고한 진리를
백성은 기다리고 있다

체포의 시간이 오리라,
성벽은 무너지고, 장막은 찢어지리라
그날, 정의는 부활하고
법의 이름으로 새벽이 밝아오리니.

내란은 아직 끝나지 않았다

내란은 칼과 총만으로 시작되지 않는다
조용히, 그러나 깊게 스며든
반민주의 독은 지금도 숨을 쉬고 있다

12월 3일의 그림자는
한 계절을 지나지 않아도 사라지지 않았다
그날의 외침은 역사의 경고였으나,
누군가는 그것을 지우려 하고,
누군가는 그것을 미화하려 하네

민주주의의 기둥을 흔드는 자여,
그대는 보수가 아니며,
단지 극우의 탈을 쓴 바람일 뿐이다
국민의 분노는 그대를 향해 일어나고,
이 나라의 뿌리를
다시금 깨우치게 한다

독사의 자식들아

윤석열이 외치던 그 말이 진리라면,
이 싸움은 진보와 보수의 싸움이 아니리라
민주주의와 반민주의,
공화국과 반사회 세력의 대립
그 선택의 기로에서
'국민의힘'은 무엇을 남기려 하는가?

절치부심하여
잃어버린 보수의 가치를 되찾을 것인가,
아니면 극우의 궤적을 따라
잊혀진 이름으로 사라질 것인가?

민주주의는 꺾이지 않는다
그날의 비상계엄이 증명하듯,
백성의 의지는
칼보다 날카롭고,
총보다 강하며,
진실보다 오래 살아남으리라

내란은 끝나지 않았다
그러나 이 싸움의 끝은 정해져 있다
법과 정의, 그리고 국민의 이름으로
민주주의는 반드시 이긴다.

독사의 자식들아

3 /

척결의 장

헌재의 거울 앞에서

헌재의 결정문은
거울처럼 서 있다
그 속에 비친 얼굴은
이석기와 통진당이었고,
이제는 윤석열과 국민의힘이라 불린다

헌법을 외면한 권력,
민주주의를 파괴한 자들,
그들의 이름은 다르지만
흔적은 같다
같은 길을 밟고,
같은 끝에 닿으리라

위헌정당이란 이름이
무겁게 떨어질 때,
그대들은 무엇을 말할 수 있는가?
촛불을 외면하고
헌법을 짓밟은 발자국이
민심의 심판을 피해갈 수 있으랴

독사의 자식들아

2014년의 거울은
오늘의 현실을 비추고 있다
반성 없는 권력,
책임 없는 정당,
그 운명은 정해져 있다

헌재의 결정을 두려워하라
그것은 국민의 목소리,
민주주의의 외침이다.
이름만 남기고 사라질 정당들아,
이제라도 거울을 들여다보라
그 속에서
그대들은 무엇을 보고 있는가?

잊혀진 역사의 굴레

한 세기가 흐른 듯하지만
우리는 같은 길목에 서 있다
박정희의 총구, 전두환의 철권,
그리고 윤석열의 깃발
이 모든 것이
다른 이름으로 반복될 뿐이다

왜 우리는 기억하지 못했는가?
총성과 피로 물든 광장을,
자유를 부르짖던 목소리들을
민주화의 촛불이 꺼지기도 전에
어둠은 다시 찾아왔다

역사를 잊은 자여,
그대의 발자국은 과거의 그림자 속에
묻혀 있지 않은가?
그대가 외면한 진실은
내일의 교훈이 될 수 없다

독사의 자식들아

역사를 바로 세우지 못한 나라여,
그대의 내일은 오늘과 다르지 않으리
반복되는 비극 속에서
우리는 다시 묻는다.
무엇을 배웠고, 무엇을 잃었는가?

자유와 정의를 말하는 자여,
그대의 침묵은 또 다른 상처를 남긴다
하지만 잊지 마라,
정죄는 반드시 찾아오리니,
잃어버린 진실 속에서
우리는 언젠가 깨어날 것이다.

헌법의 무게

헌법은
핏빛 역사의 강 위에 떠 있는 배.
민주주의라는 바람을 타야만
흔들리지 않는 방향을 찾는다

내란의 어둠 속에서
배를 뒤집던 그들,
손에 들었던 것은 법이 아니라 칼이었으니
무슨 자격으로 이 배의 노를 잡겠다고 하는가

헌법은
누군가의 권력이 아닌
모두의 약속이다
그 약속은 피와 눈물로 쓰였고,
그 무게는 가벼운 혀끝이 감당할 수 없다

민주주의의 이름으로
그 배를 띄운 사람들,
그들이 지켜온 바다는
다시는 내란의 칼날이 가를 수 없는 곳이어야 한다

독사의 자식들아

헌법을 말하려거든
스스로를 돌아보라
헌법을 망각한 자격 없는 손이
바람도 없는 강에서
배를 저을 수 없으리라.

망령의 그림자

깊은 밤, 어둠은 깃을 펴고
숨죽인 회의실엔 바람도 멈췄다
청년이라 둘러댄 이름 아래,
숙련이라 포장된 말들 아래,
묵직한 그림자가 도사리고 있었다

과거의 망령,
그날의 군화 소리가 다시금 울리려 하는가
탱크가 뿜던 검은 연기 속,
사람의 숨결이 사라지던 그 시간

우리는 기억한다.
두려움과 저항의 그날들을
찬란한 자유의 햇살을 되찾기 위해
얼마나 많은 피와 눈물이 강을 이루었는지

망령이여, 이제 그만 떠나가라
더 이상 너의 그림자 속에서
진실과 정의는 숨죽일 수 없다

독사의 자식들아

무거운 침묵 속에서도,
우리는 빛을 말하고 자유를 노래한다
망령의 속삭임을 뚫고
다시금 새벽을 열 것이다.

윤리 없는 권력의 손길이여,
결국 모든 것은 역사의 심판대에 서리라
그날, 우리는 무너지지 않고
더욱 강하게 일어설 것이다.

상실의 행군

총을 쥔 손, 조국을 지키려던 결의,
그 결의가 흔들린 밤
한 명의 군인이 되기까지 흘린 땀방울,
그 땀 위로 무너진 자존감의 벽

현장에 서 있던 젊은 특수대원들,
그들은 국가의 방패였고,
희망의 불꽃이었으며,
우리가 지켜야 할 자산이었다

그러나,
바람처럼 내린 계엄의 그림자 속에
그들의 가슴엔 상실의 바람만 불었다
지도자의 이름 아래
의미 없는 명령에 서야 했던
그들의 눈동자엔 어둠만 남았다

독사의 자식들아

시간과 열정, 그리고 국민의 땀으로
길러낸 국가의 자산들
그들을 지키지 못한 것은 누구인가?
상실감과 부끄러움 속에
휘청이는 청춘을 보며
국가는 무엇을 말해야 하는가?

너는 말하라.
국민을 외면한 그 선택의 이유를
젊은 군인들의 자존심을 짓밟고
대한민국의 희망을 무너뜨린
그 죄의 무게를

바람아 불어라,
그들이 잃어버린 자존감을 찾아줄
정의의 깃발을 들어 올려라
이 땅의 젊은 용사들이
다시 고개를 들고
당당히 걸어갈 수 있도록

그리고,
죄의 무게를 견딜 수 없는 자여,
너의 이름은
결코 용서받을 수 없으리.

독사의 자식들아

29분의 침묵

29분,
담화라는 이름의 변명이
공기를 찢고 흩어졌다
그의 입은 열렸지만
진심은 닫혀 있었고,
그의 목소리는 높았지만
책임은 낮았다

사지는 국민의 몫이었고,
안위는 그의 것이었다
그의 한 마디 한 마디는
우리의 상처 위에 소금을 뿌렸고,
침묵해야 할 때조차
그는 입을 다물지 않았다

대통령이라는 이름,
그 무게는
국민의 고통 위에 선 것이 아니던가
그러나 그는,
그 무게를 내려놓고
비겁이라는 가벼움 속으로 도망쳤다

억울한 것은 우리였다.
그를 선택했던 손이
후회의 무게로 내려앉았다
분노와 슬픔 사이,
우리의 목소리는 들리지 않았고,
그의 29분은 끝나지 않을 듯 길었다

다시는,
다시는 듣고 싶지 않다
그런 담화,
그런 변명,
그런 대통령

독사의 자식들아

29분의 침묵을 기억하리라
우리의 외침이 빛이 되고
그들의 어둠을 몰아낼 때까지
다시는 이 땅의 권력이
국민을 배신하지 않도록,
우리의 결심은 멈추지 않으리.

105인의 침묵

국회의사당 홀 안에 스며든 적막,
그날, 105인의 발걸음은 뒤로 향했다
그들의 자리엔 빈 의자만 남고,
민주주의의 숨결은 흔들렸다

탄핵의 바람이 몰아치는 그 순간,
무거운 책임의 이름을 내려놓은 자들
대의는 어디에 있는가,
그들의 침묵은 누구를 위한 것인가

신문의 지면엔 빼곡한 이름들,
이름 아래에 걸린 무거운 그림자
그들의 얼굴은 사라지고,
국민의힘 홈페이지조차 침묵한다

우리의 눈은 묻는다.
당신들은 누구의 손을 잡고 있는가?
그날의 침묵은 역사의 증언이 되고,
그 증언은 다시 우리를 일깨운다

독사의 자식들아

105인의 부재 속에 피어난 희망,
그 부재를 넘어선 우리들의 외침
민주주의는 침묵하지 않는다
국민의 목소리는, 결코 사라지지 않는다.

북풍 北風

어둠이 짙은 밤,
바람은 북쪽에서 몰아친다
그것은 겨울의 전령인가,
아니면 탐욕의 입김인가

수단과 방법을 가리지 않는 손길,
정권의 연장선 위에서 흔들리는 윤곽
국민의 목숨을 담보로 내건 장난,
그대의 탐욕이 땅을 물들이고 있다

십이삼(12·3) 계엄의 그림자,
그것은 역사의 아픔인가,
아니면 또 다른 속임수의 서막인가
전쟁을 불사하겠다는 속삭임,
그 한마디에 얼어붙는 대지와 하늘

나라를 위한 기도가 아닌,
욕망의 기도를 드리는 자여,
이제 우리는 너의 이름을 부를 것이다
하야下野, 그것이 너의 길이며,
응징과 심판이 기다릴 것이다

독사의 자식들아

북풍은 멈추지 않는다
그 차가운 숨결은
탐욕과 거짓을 덮어버릴 것이다
우리는 기억한다.
그리고 다시는 용서하지 않을 것이다

정의의 바람이 불어올 때,
이 나라는 다시 빛을 찾으리라
그대의 이름은 영원히
어둠 속에 묻히리라.

헌정의 무게를 묻는다

국민의 이름으로 세워진 집이
어느새 권력의 손길 아래 기울었다
정의란 무엇인가,
헌정이란 무엇인가 묻던 날,
녹취의 진실은 칼날처럼 번뜩였다

공천의 이름 아래 짜인 판은
민심을 배반한 자들의 도구였나
주범의 이름을 부를 때,
그 뒤따른 책임은 어디로 가는가
헛된 웃음 뒤에 숨은 탐욕이
나라의 질서를 무너뜨린다

윤석열,
그대는 공정을 외쳤으나
불공정의 날개를 펴고
헌정의 심장을 저며내었구나
김건희,
그대의 웃음은
얼마나 많은 눈물을 지웠는가

독사의 자식들아

우리는 외친다,
법과 정의는 그대들 위에 있고
헌정은 한낱 장난이 아니다
민심의 등불 아래
모든 죄악은 드러나리라

나라의 기틀을 흔든 자여,
그 무게를 감당하라
국민의 이름으로 처벌을 원한다
그리하여 헌정의 파괴자여,
이 땅에 더 이상 설 곳이 없으리라.

천장의 그림자

세상은 분명 푸르른 하늘 아래 있었다
그러나 누군가는 그 하늘에 전쟁의 옷을 걸치려 했고,
자신의 욕망을 위해 천장을 불태웠다

강철로 만든 소리 없는 발자국들,
거짓된 명분으로 엉킨 실타래,
그 안에 숨겨진 인민군 군복의 무게
그것이 가져온 바람은 차갑고
그들이 내뿜은 연기는 온 세상을 흐렸다

자녀들의 눈물조차 값을 매길
욕망의 무리들,
자신의 부모마저 이익으로 삼는
검은 심장을 가진 자들

이 땅의 자유를 더럽히고,
우리의 민주를 흔들며,
강남의 희망마저 뒤덮으려 한 그들
그들의 탐욕은 사람의 얼굴을 잃었다

독사의 자식들아

그러나 우리는 기억한다.
거짓이 진실을 이길 수 없음을,
혼란이 영원하지 않음을
우리가 지켜온 이 땅의 이름은
자유와 정의의 방패로 빛날 것이다

그림자 속에서 다시는
이런 일이 있어서는 안 된다
우리는 목숨을 다해 외친다
천장 위로 찬란한 빛이 퍼지는 날까지.

변신의 대가

변신은 무죄라던가,
그러나 그들의 변신은 위장이다
학벌을 바꾸고, 직업을 가리고,
얼굴조차 낯선 껍질로 뒤덮었다
삶은 온통 변조된 무대,
거짓의 조명 아래
진실은 그림자로 숨는다

그들의 권력은 독이 되어
우리의 삶을 잠식한다
국민의 희망은 유린당하고,
미래는 안갯속에 갇혔다
저들의 계엄은 침묵을 강요하고,
검찰의 칼날은 공정이 아닌
자기 안위를 위해 휘둘린다

죄 없는 자들은 감옥으로,
죄 많은 자들은 궁전으로
이런 세상에서,
변신은 정말 무죄일까?

독사의 자식들아

그러나 기억하라,
거짓의 탈을 쓴 자들이여
진실은 반드시 그 껍질을 찢고 나온다
변신이 끝내 죄로 드러나
심판대 위에 오를 때,
우리 국민의 분노는
빛이 되어 어둠을 삼킬 것이다

우리의 나라는
그 빛 속에서 다시 태어나리라.
후손에게 물려줄 당당한 내일을 위해
이제 우리는 진실의 이름으로
그들의 변신을 파헤칠 것이다.

자가당착의 계절

자가당착의 무리들이 있었다.
말이 꼬이고, 뜻이 엇갈려도
그들의 목소리는 높았다
"탄핵은 안 된다."
그러나 그 말 뒤에는
서로 다른 길들이 엉켜 있었다

하나의 몸이 두 개의 그림자를 드리우듯,
앞뒤가 맞지 않는 언어들이
세상을 혼란으로 물들였다.
거부하되, 행사하지 못하고,
반대하되, 꿈을 품는
모순의 행진

2017년의 바람이 속삭인다.
그때도 그들은 외쳤고,
그때도 그들은 흔들렸지만,
그들의 무대는 오래가지 못했다.
속편이 아무리 많아도
진실 없는 이야기는
관객의 마음을 붙잡지 못하리라

독사의 자식들아

자가당착의 계절은 지나가리라
말과 행동이 하나 되어야만
희망의 꽃이 피듯,
혼란 속에서도 결국
진실의 봄이 오리라.

맡길 수 없는 자

고양이에게 생선을 맡긴다니,
그럴듯한 비유로
우리는 누구를 떠올렸던가
무지와 무능,
사악함의 얼굴을 가진 이에게
우리가 무엇을 내어주었던가

그는 법을 외면하고,
국민의 울음을 잊은 채
차디찬 명령을 내렸다
국군의 이름으로,
아무런 근거도 없이
목숨을 위협하는
깊고 어두운 밤을 열었던 자

계엄의 그림자가
나라를 뒤덮었을 때,
우리는 손을 모으고
불안한 숨을 삼켰다.
그날, 생존권은
칼날 위에 놓인 꽃처럼
위태롭게 흔들렸다

독사의 자식들아

더는 그런 날이 있어선 안 된다
더는 무지와 무능에
우리의 운명을 내맡길 수 없다.
새벽이 오기 전,
우리는 일어나야 한다

다시는 맡기지 않으리라
법을 무너뜨리고
사람을 외면한 그들,
역사의 심판대 위에
그 이름을 새겨두리라

고양이는 생선을 노린다.
그리고 우리는, 다시는 눈을 감지 않는다.

유유상종 석동현

강물은 제 흐름을 따라
바다로 흘러야 할 운명이지만,
때로는 제자리를 맴돌며
진흙탕 속에서 잃어버린다

법이란 대지 위에 선 나무,
그 뿌리는 정의에 닿아야 하고
줄기는 공평을 향해야 하는데,
어느덧 꺾이고, 휘어지고, 말라가네

45년의 지기는 말한다.
무너진 성벽 앞에서
돌 하나 들어 올릴 힘도 없는 자들이
어디로 가야 하느냐고 묻는다

그러나 묻고 싶다,
그 돌은 무너뜨리려 했던 것인가?
아니면 세우려 했던 것인가?
법의 이름으로 불법을 말한 자들이여,
너희의 이름을 후대에 남길 수 있을까

독사의 자식들아

우리는 본다
강물이 제 길을 잃고
진흙 속에 몸을 묻고,
나무는 뿌리째 흔들리며
하늘로 뻗던 손을 거두는 순간을

딱한 것은
진실을 알면서도 눈감은 자,
법을 알면서도 외면한 자,
그리고 정의를 믿으며 침묵한 우리의 모습이다

유유상종이여,
그대들의 물길은 어디로 흘러가겠는가?
모두가 기억하리라.
이 순간, 그리고 이 선택을.

특활비, 그들의 주머니 속 어둠

특별함을 입은 돈,
한 방울 한 방울
땀으로 적셔진 국민의 눈물
그리도 가벼운가,
그리도 당연한가
그대들의 주머니를 채우는 데
한 줌의 양심조차
들어갈 틈이 없단 말인가

특별히 쓰라 했지,
특별히 감추라 하지 않았다
빛이 닿지 않는 곳,
그 어둠의 깊이에서
무엇을 삼키고 있었는가

염치란 무엇인가,
사람이 사람답게 살기 위해
지켜야 할 최소한의 것
그러나 그대들에겐
권력이 곧 도리이고
욕망이 곧 법이었는가

독사의 자식들아

한 줌의 희망이 될 혈세는
그대들의 허영을 채우고
우리는 고개를 떨군다

다시 묻겠다,
그대들에게 양심이 있는가
그대들의 권력 아래,
우리는 언제까지 침묵해야 하는가

특별한 날을 기다리지 않는다
우리는 오늘을 기억할 것이다
그날의 주머니 속 어둠이
결국 역사의 빛 속에 드러나리라

특활비는 국민의 것이며
특별함을 가장한 탐욕이 아닌
정의와 공익의 손에 머물러야 하리.

4 /

역사의 장

가을 등불 아래서

가을 등불 아래 책을 덮고
옛일을 헤아리니,
매천 황현의 붓끝에서 흐른 피가
지금도 내 가슴을 적시네

한일 병탄의 치욕 앞에
목숨까지 던졌던 그의 절개.
나라를 사랑하는 마음이
온몸을 태워 남긴 불꽃이었구나

그러나 지금의 땅은
무엇을 잃었는가
헌법은 짓밟히고,
민주주의는 침묵하며,
탐욕과 타협에 물든 권력 앞에
침묵하는 나 자신이 부끄럽다

새와 짐승도 울고,
바다와 산악도 슬퍼하는
이 땅의 무궁화여,
그대의 숨결은 어디로 갔는가

독사의 자식들아

황현이 보았던 붉은 하늘 아래
나는 왜 그의 절개를 잇지 못했는가.
붓을 든 손이 떨리고,
마음은 죄책감에 갈라진다

그러나 기억하리라.
그의 기개가 내 안에 살아 있음을
진실은 사라지지 않고
민중의 심장에서 피어난다는 것을

등불 아래 다짐하노니,
이 땅의 불의를 기록하고,
침묵 속에서 울부짖는 자들의
목소리가 되리라

황현이 남긴 붓의 불꽃을
다시 살려
이 나라의 가을을
봄으로 바꾸리라.

서울의 밤, 1979

서울의 밤,
별빛조차 두려워 숨죽이는 겨울
십이월의 바람은 얼음처럼 차갑고,
시간은 피로 물들어 가슴을 저민다

한강 위로 검은 연기 떠오르고,
광화문에선 군화의 메아리가 울린다
누군가의 욕망이 짙은 그림자를 드리우고,
누군가의 충심은 눈물로 얼룩진다

전선의 철마가 서울로 내달리며
조국의 심장을 겨눈다
누구를 위한 반란인가,
누구를 위한 저항인가

장 장군의 외침은 정의의 불꽃이 되어
어둠 속에 잠든 이들에게 전해지고,
전두환의 욕망은 무거운 쇳덩이처럼
서울의 심장을 짓누른다

독사의 자식들아

아홉 시간의 칼날 같은 대립 속에서
누군가는 빛을 찾고,
누군가는 권력의 독에 취한다
그 밤, 서울은 조국을 위해 울었고
서울은 조국을 위해 버텼다

서울의 봄은 아직 오지 않았지만,
그날 밤의 싸움은 기억 속에서
새로운 바람이 되리라
피로 쓰인 역사의 진실은
결국 봄을 부르리라.

명량, 그 바람의 노래

고요한 바다, 그러나 폭풍의 예감,
나라의 숨결이 얼어붙은 그곳,
쇠사슬처럼 묶인 병사의 어깨와
두려움에 떨던 백성의 눈빛이
파도처럼 밀려들었다

불타버린 거북선,
열두 척의 배 위에 새겨진
조선의 마지막 희망
그럼에도 물러섬 없는 그 한 사람,
이순신, 그의 이름은 등불이었다

하늘을 가르며 불붙은 화살,
파도를 찢는 함성 속에
330척의 적함은 거대한 벽처럼 다가왔으나,
"아직 열두 척이 있다."
그 말 속엔 바다의 숨결이 살아 있었다

독사의 자식들아

명량의 바람이 울부짖고,
물결은 다시금 심장을 뛰게 했다
그날의 바다는 조선의 피와 눈물로 물들었으나,
그 위에 새겨진 용기의 깃발은
역사의 한 줄기 빛이 되었다

열두 척이 묻는다,
우리가 승리한 이유는 무엇이냐고
이는 오직
한 사람의 신념과,
한 민족의 희망 때문이었다

그날의 명량 바람은
오늘도 우리의 가슴속에서 분다.
포기하지 말라, 물러서지 말라,
당신이 열두 척의 시작이다.

하얼빈의 결의

조국의 땅,
겨울의 숨결마저 얼어붙는 그곳에서
안중근과 대한의군은
조국의 이름으로 깃발을 올렸다

총성이 울리고,
피와 눈물이 뒤섞인 전장에서
승리는 우리의 것이었으나,
그는 말하길,
"만국공법에 따라, 포로는 풀어주라."

그 순간 흔들린 마음들,
동지들의 눈빛에 서린 의문,
그러나 그는 알았다
진정한 싸움은 총탄이 아닌
정신의 깃발로 이루어짐을

1년 뒤,
동토의 블라디보스토크에 모인 영혼들,
조국을 되찾겠다는
뜨거운 염원을 품은 이들이여.
우덕순, 김상현, 공부인,
최재형, 이창섭, 그리고 안중근.

이토 히로부미,
늙은 늑대라 불리던 그를 향한
결연한 발걸음,
하얼빈은 우리의 목표이자,
역사의 무대가 되리라

일본군의 추격은 거칠었으나,
우리는 흔들리지 않았다.
빛바랜 국기 속에도
우리의 결의는 붉게 타올랐으니

그날, 하얼빈 역에 울린 총성은
단순한 죽음이 아닌,
민족의 깨어남을 알리는 종소리였다
안중근의 손에서 떨어진 총은
조국의 역사가 움켜쥔 희망이었으니

그는 죽음을 두려워하지 않았다
오직 조국의 내일을 품고,
자유의 씨앗을 뿌렸다

하얼빈의 그날을 기억하라
늙은 늑대의 몰락은
한 사람의 손끝에서 시작되었고,
그날의 결의는 우리의 가슴 속
영원한 횃불로 타오르리라

안중근이여,
그대의 이름은 조국이며,
그대의 희생은 역사의 기둥이니,
우리는 결코 그날의 울림을
잊지 않으리라.

독사의 자식들아

두 사람의 그림자

— 한강과 윤석열

한강,
강물처럼 흐르는 이름.
그의 언어는 땅을 적시고,
뿌리 내린 이야기는 바람 속에서도 흔들리지 않는다

윤석열,
그 이름은 절벽처럼 무겁다
그가 뿌린 말은 균열을 내고,
지운 약속은 흔적 없는 바람 속에서 사라진다

한강,
그는 눈을 감아도 볼 수 있는 세상을,
귀를 막아도 들을 수 있는 소리를 쓴다
사람을 살리고,
마음을 일으킨다

윤석열,
그는 보는 자의 눈을 가리고,
듣는 자의 귀를 닫는다
사람을 가르고,
마음을 무너뜨린다

한강은
책장을 넘기는 손끝에서 꽃이 피고,
윤석열은
무너지는 정의의 잔해 속에서 먼지가 난다

한강,
'소년이 온다'는 상처의 연대기.
피로 물든 광주의 골목을 문학의 빛으로 비추며,
죽은 자의 아픔을 살아남은 자의 손으로 잇는다
그의 문장은 울부짖음이 되어,
아직 끝나지 않은 역사의 법정을 깨운다
희망은 그의 글에서 다시 태어난다

윤석열,
그의 이름은 다른 무대에서 메아리친다
민의의 외침을 막아선 장벽,
법과 정의를 깃발 삼아 무너뜨린 헌정 질서
그가 내딛는 발걸음은 국민의 뜻을 외면하고,
지운 약속의 잔해 위에 독주를 세운다
그의 길은 과거로 이어지는 굴레다

독사의 자식들아

한강은 문학으로 권력을 넘어서고,
윤석열은 권력으로 미래를 막아선다
한 사람은 상처를 치유하는 다리가 되고,
다른 이는 상처를 깊게 새기는 칼이 된다

우리는 묻는다.
어떤 이름이 내일을 열 것인가?
상처를 노래로 승화시키는 이름인가,
아픔을 또 다른 상처로 남기는 이름인가?

한강은 흐른다
윤석열은 멈춘다
그러나 멈춘 길 위에 남는 건
결코 이름이 아닌 그림자일 뿐이다

한 사람은 우리가 가야 할 다리요,
다른 이는 넘어선 안 될 벽이다

우리는 어떤 이름을 부를 것인가?
꽃 피우는 이름인가, 아니면 가시를 심는 이름인가?

남영동 515호

남영동 515호,
빛을 잃은 방 한 칸,
쇠창살 너머로 꺼져가는 숨결이
긴 밤을 삼킨다

그는 묻지 않았다
"왜 나인가?"
대신 외쳤다,
"왜 우리인가!"
그의 신념은
피로 물든 맨살 위에서도
굳게 서 있었다

의자에 묶인 채,
침묵 대신 울부짖던 진실
그의 뼈마디를 부숴도
결코 꺾을 수 없던
민주라는 이름의 의지

독사의 자식들아

전두환의 그림자는 길었고,
권력의 망치는 무겁게 내리쳤다
그러나 고문대 위에서도
그의 눈빛은 죽지 않았다
그는 쓰러진 것이 아니었다
오히려,
그날 밤
남영동의 벽들은 무너졌다

그의 상처는 오늘을 만든
역사의 증언이 되었고,
그의 고통은 내일을 밝힐
등불로 피어올랐다

우리는 잊지 않을 것이다
남영동 515호의 그날을,
그날의 김근태를
인간의 존엄을 위해
희생된 한 사람의 삶을

김근태여,
당신의 이름은
역사의 비명 속에서
영원히 살아 숨 쉰다.

독사의 자식들아

총알 한 방

한 방의 총알은 무겁다
정의와 배반, 그 끝을 가르는 무게

백범의 손끝에 닿은 분노는
바람처럼 흐르고,
밀정의 그림자를 꿰뚫었다

나는 오늘도 한 방의 총알을 꿈꾼다
그러나 그 총알은 더는 철이 아니다
펜 끝에서 흘러내리는 글자,
가슴속에 맺히는 눈물,
그리고 사랑을 전하는 목소리로

우리의 길을 막는 자,
우리의 빛을 가리는 자에게
총알 대신 빛을 던질 것이다

이 민족의 깨어남은
한 발의 탄환보다 날카롭고,
한 줄의 시보다 무겁다.

불꽃의 유산

누군가의 탐욕은
헌법을 뒤엎고
시대의 맥박을 짓밟으며
차가운 강철의 계엄으로
땅을 덮으려 한다

그러나 기억하라,
불꽃처럼 타올랐던 한 사람을
작은 몸으로 거대한 기계를 멈추고
몸을 태워 세상을 밝히려 했던
전태일의 이름을

그의 불꽃은 꺼지지 않았다
희망의 심지가 되어
우리의 가슴 속에 타오른다
그가 남긴 유산,
그가 외친 권리와 정의는
우리의 무기가 된다

독사의 자식들아

우리는 하나가 되어
불공정의 밤을 뚫고
따뜻한 새벽을 맞이할 것이다
탐욕의 권력을 몰아내고
모두가 살기 좋은 나라를 세울 것이다

전태일이 품었던 불씨를
우리의 손으로 이어간다
역사는 말한다
불꽃은 사라지지 않는다고,
우리의 나래는 추운 겨울을 넘어
봄으로 날아갈 것이라고.

아침 이슬처럼

긴 밤을 지새운 풀잎마다
진주 같은 이슬이 맺히네
억눌린 마음,
가슴 깊이 스며든 설움도
이슬처럼 빛나리라

묘지 위로 떠오르는 붉은 태양,
그 빛은 저항의 불꽃
한낮의 더위가 시련일지라도,
우리는 멈추지 않으리

아침 동산에 올라
작은 미소를 배우며,
희망을 품은 우리의 노래는
거친 광야로 울려 퍼지리

서러움을 벗어던지고
우리의 길을 걸어가리라.
그 길 위에서,
진주보다 고운 민주주의를
다시 손에 쥐리라

독사의 자식들아

아침 이슬처럼 맑은 의지로,
우리는 기억하리라
작은거인의 노래가
우리의 약속이 되었듯,
저 거친 세월을 넘어
빛나는 아침을 맞으리

더 이상 탐욕에 짓밟히지 않을
이 땅의 소리,
아침이슬처럼
맑고 강하게 울리리.

박종철의 목소리

어둠 속에서
차가운 바람이 불어옵니다
그 바람 끝에,
청년의 이름, 박종철.

억압과 탐욕이 지배하던 시절,
그는 쓰러졌습니다
한마디 비명조차
역사의 침묵 속에 묻히던 때

그러나 그의 침묵은 불씨가 되어
억눌린 가슴을 깨웠고,
얼어붙은 거리를 녹였습니다
6월의 함성은 그의 숨결로 타올랐습니다

이제 우리는 묻습니다
그가 지키고자 했던 민주주의는 어디로 갔는가?
탐욕에 찌든 권력의 손이
국권을 휘두르고, 헌법을 무너뜨릴 때,
그는 어떤 말을 남겼을까요?

독사의 자식들아

"나라가 곧 사람이다."
그가 말했을 듯한 그 한마디
그 목소리는 지금도
광장 어딘가에서 울리고 있을지 모릅니다

우리는 기억해야 합니다
그가 남긴 희생이 불씨라면,
우리의 분노와 정의는
그 불씨를 지켜낼 바람이어야 한다는 것을

박종철, 그 이름을 부를 때마다
우리의 가슴엔 불꽃이 살아납니다
탐욕의 시대를 넘어,
사랑과 정의로 다시 채워질 세상을 꿈꾸며.

이한열이 우리에게 묻는다

6월의 함성 속에 빛났던 별,
그날의 푸르른 청춘, 이한열
너는 거리에서 쓰러졌지만,
너의 외침은 여전히 살아 숨 쉰다

오늘의 하늘 아래,
작금의 어지러운 세상 속에서
너는 어떤 목소리로 우리를 부를까?
"헌법은 장난이 아니다."
"민주는 핏방울로 지킨다."
그리 외치며 다시 일어서라 말할까

너라면 묻겠지,
"정의는 어디에 있는가?"
"진실은 왜 침묵하는가?"
"역사는 왜 거꾸로 흐르는가?"

친일과 군대, 탐욕과 오만,
이 시대의 그림자에 분노하며,
너는 우리의 깨어남을 요구하리라
"잠들지 마라. 침묵하지 마라."

우리는 뚜벅뚜벅 걸어야 한다
묵묵히, 그러나 결코 멈추지 않으며
너의 희생을 헛되이 하지 않으려
우리의 길을 가야 한다

가지 않으면,
천추의 한이 될 것이다
너는 말없이 그 길 끝에서
우리를 기다리고 있을 것이다

이한열,
너의 이름을 부르는 이 땅은
다시 한번 자유의 노래를 부를 것이다
너의 외침이,
우리의 미래가 될 것이다.

봉오동, 죽음의 골짜기

1920년 6월,
봉오동의 능선은 칼바람을 품었다
일제의 총구는 독립의 숨결을 막으려 했지만,
조국의 아들들은 물러서지 않았다

그들은 달리고 또 달렸다
죽음의 골짜기를 향해,
칼과 총알을 앞세운 적을 끌어들였다.
신식 무기로 무장한 일본군의 포위망 속에서도
그들의 발걸음은 멈추지 않았다

해철의 칼끝이 바람을 가르고,
장하의 전략이 능선을 넘었다
병구의 저격이 적의 심장을 꿰뚫을 때마다,
독립의 외침은 더 높이 울려 퍼졌다

이 땅은 순순히 내어줄 수 없다고,
자유는 스스로 쟁취하는 것이라며,
그들은 목숨을 내걸었다

독사의 자식들아

계곡은 피로 물들었지만,
그 피는 결코 헛되지 않았다.
죽음의 골짜기에서 탄생한 첫 승리,
그날의 외침은 지금도 살아 숨 쉰다

홍범도 장군의 길을 걷는 자여,
독립을 위해 피 흘린 이들의 마음을 기억하라.
흉상을 철거하려는 손길을 부끄러워하라
그들의 희생 위에 우리가 서 있으니,
그 이름을 영원히 새기리라

봉오동의 하늘이여,
그날의 승리를 노래하라
조국의 별들이 빛나는 밤에,
우리는 결코 잊지 않으리라.

윤봉길의 기개

어둠이 짙게 깔린 오늘의 조국,
거짓의 말들이 권력의 칼이 되어
백성의 가슴을 찢고,
탐욕의 발걸음은
땅끝까지 파헤치려 한다

이 절망의 시간 속,
우리는 묻는다.
윤봉길, 당신은 어디 있는가?
도시락 속에 담긴 결기와
물병에 숨긴 용기가
오늘날 이 땅에 다시 필요한데

청년 윤봉길의 심장은
고향의 평화에 머무르지 않았다
강물처럼 흐르고, 불꽃처럼 타올라
폭압의 심장을 꿰뚫었네

지금도 당신의 기개가 그립다
윤석열 폭정의 소용돌이를 멈추기 위해,
침묵 속에 묻힌 정의를 깨우기 위해
다시 깨어나야 한다

독사의 자식들아

윤봉길의 뜻은 멈춘 적 없었다
그 불씨는 우리의 가슴 속에 남아,
역사의 새벽을 밝히는 등불이 되리라
폭정을 넘어서는 날,
그 기개가 우리의 손을 잡을 것이다.

유관순, 그 이름은

어린 소녀의 불꽃,
1919년의 바람 속에
독립의 맹세를 품고

만세의 함성,
그 마음속으로 퍼져가고,
40여 마을을 누비며
희망의 씨앗을 뿌리네

장터의 함성,
군중이 함께한 그 순간,
주모자의 가슴에서
자유의 불꽃이 피어오르네

그러나 어둠의 손길,
고문과 억압의 그림자,
그럼에도 불구하고
저항의 목소리는 끊이지 않네

독사의 자식들아

재판정에서의 외침,
감옥에서의 연대,
"자유를 위해,
끝까지 함께하리라!"

마침내 지하실의 침묵 속에
순국의 길을 걸어간다,
유관순, 너의 정신은
영원히 우리의 가슴에 살아 있네.

너의 꿈, 우리의 꿈,
자유를 향한 그 길,
다시 일어설 힘을 주며
우리는 결코 잊지 않으리.

사형수 김대중

그는 죄인이었다
그들이 덧씌운 허울 아래서
민주화라는 이름의 깃발을 든 죄,
침묵의 강을 가로지른 죄,
자유를 노래한 죄로
사형수라 불렸다

칼날 같은 고문에도
그의 신념은 부러지지 않았고,
어두운 독방에도
그의 빛은 닿았다
죽음 앞에서도
그의 목소리는 조국을 품었다

그는 원망하지 않았다
그의 용서는 바람처럼 넓었고,
그의 화해는 강물처럼 깊었다
한 사람의 죽음으로
천만의 생명을 살릴 수 있다면,
그는 기꺼이 사형수가 되리라
마음을 다잡았다

독사의 자식들아

우리는 기억한다
그가 남긴 고난의 길을,
그가 피워낸 민주화의 꽃을.
그는 단지 영웅이 아니다
그는 역사의 등불이자
우리 시대의 빛이다

사형수 김대중,
그 이름은 결코 지워지지 않을 것이다
그가 흘린 땀과 눈물은
우리의 가슴 속에 새겨지고,
그가 걸었던 길은
미래의 길잡이가 되리라

영원히 기억하리라, 그 이름 김대중.

역전의 드라마

만년의 꼴찌, 그 이름 노무현,
낙선의 무게에 짓눌린 날들,
그러나 희망의 씨앗은 움트고,
새천년의 바람을 세우니

제주의 바다, 첫발의 소리,
그곳에서 시작된 국민의 경선,
엎치락뒤치락, 치열한 싸움,
지지율 2%, 그러나 결코 지지 않으리

울산의 함성, 광주의 열정,
그의 목소리, 온 나라를 흔들어,
"나는 가능성의 상징이 될 것"
모두의 가슴에 불을 지피네

꼴찌에서 1위로, 기적의 여정,
국민의 대통령, 그 이름 새기고,
역전의 드라마, 꿈은 이루어지리,
희망의 길을 함께 걸어가리.

독사의 자식들아

부러운 조국의 운명

조국은 운명 속에 갇혀 있다
탐욕의 무리가 가득 찬 세상,
지구가 멈추지 않을까 두려워하며
매일 잠 못 드는 이들의 조국

가짜 보수의 거짓된 울림이
암세포처럼 번져나가도,
분리되지 않는 세상의 고통 속에서
옳은 길을 찾는 자들은
한반도 하늘을 지키고 있다

무대 위에 올라
자기만을 자랑하며 도망치는 무리들,
그러나 역사의 찌꺼기를 치울 이는
결국 진실을 벗어 던진 자일 것이다.
알몸이라도 드러난 진면목은
그 자체로 존엄하니

대중은 선택의 기로에 서 있다
공자는 이미 죽었고,
완벽하지 않은 신은 거리에서 울고 있지만,
두 눈 뜨고 꼿꼿이
지구의 축을 지키는 사람들이 있다

비교도, 비난도 필요 없다
완벽한 자는 없으니
숙명처럼 주어진 선택의 순간,
굳센 손가락 하나로 역사를 가늠하라

백두산의 빗방울은
동쪽에 닿아도, 서쪽에 닿아도
그 맑음으로 노래할 뿐,
물이 맑아야 강이 흐르고
조국의 맥이 이어지리라

독사의 자식들아

시대의 소명을 받은 자여,
고통의 희열 속에서도
운명을 가슴에 새기고 또 새기며
정의의 길을 걸어가라
악의 축을 밀어내고,
탐욕의 무리를 지워내야
조국은 조국으로서 빛날 것이다
이것이 너의 운명,
우리가 부러워하는 조국의 운명이다.

희망의 장

응원봉을 든 여전사

거리를 밝히는 것은 가로등이 아니라
손에 쥔 작은 빛, 응원봉 하나
밤의 어둠도, 시대의 어둠도,
그 빛 앞에 물러설 수밖에 없다

저마다의 목소리, 저마다의 꿈,
하지만 하나의 외침으로 모이는 순간,
그들은 나약한 소녀가 아니다
강철 같은 신념으로 무장한 사람들이다

"우리의 희망을 지키자!"
그들의 입술은 떨지 않고,
"우리의 인권을 지키자!"
그들의 심장은 두려움 없이 뛴다

거친 바람이 휘몰아치고
시대의 무거운 발자국이 눌러오더라도,
그녀들은 흔들리지 않는다
한 걸음, 또 한 걸음, 역사의 앞으로 나아간다

독사의 자식들아

빛은 작지만 멀리까지 번지고,
목소리는 작아도 끝내 귀를 울린다
그들의 싸움은 오늘을 위해서가 아니라
내일을 위해서이다.

그녀들이 지키려는 것,
단순한 권리가 아니다.
삶의 가치와, 인간의 존엄과,
희망이라는 이름의 불씨이다

응원봉을 든 손끝에서
미래는 새롭게 태어나고 있다.
저 젊음의 빛, 저 강인한 외침이
결국 세상을 바꿀 것이다.

극우의 그림자, 보수의 쇠락

한때는 뿌리 깊은 나무라 불렸던
보수의 깃발이
어느새 극우의 그림자 속으로
묻혀 버렸다

헌법을 짓밟는 발소리에
귀를 막고,
진실을 묻는 목소리에
눈을 감았다
내란의 칼날을 손에 쥔 자를
보호하는 손길은
누구를 위한 것인가?

이제 아스팔트 위에
새로운 깃발이 휘날린다
분노의 목소리로 외치는
극우의 탄생.
하지만 그 밑에는
잿더미가 쌓이고 있다

독사의 자식들아

보수의 멸종,
그 이름은 스스로 지운다
민심을 외면하고
헌법을 조롱한 대가는
결코 작지 않으리.

그날이 오면
민주주의의 들판에서
다시금 묻겠다.
보수란 무엇이었는가?
극우란 무엇이 남았는가?
그 답은,
사라져간 이름 속에 남으리라.

회색 유니폼의 탄식

회색 유니폼은
푸른 하늘 아래의 희망이었다
야구공이 날아갈 때마다
젊음은 꿈을 던지고
바둑판 위에서 새겨진 길은
삶의 지혜를 배우는 바람이었다

그러나 오늘,
회색 유니폼은 더럽혀졌다
빛나던 시간은 흙먼지 속에 숨었고,
기억의 유산은 지워져갔다
한 사람의 욕망이 가져온
무거운 그림자,
그 무게는 모두의 고개를 떨구게 한다

모교의 이름 아래 울리는 탄식,
그 울림은 졸업생들의 맘속에서
가시처럼 돋아난다
누군가의 어긋난 발걸음이
모두의 길을 막아버렸을 때,
회색은 회한의 색으로 바뀌었다

독사의 자식들아

그러나 기억하라,
회색은 여전히 희망의 색이 될 수 있다
손가락질을 넘어,
진실을 외치며 다시 일어설 때
회색 유니폼은 새로운 빛을 찾을 것이다

더럽혀진 이름은
바람 속에서 씻겨 나가고,
회색 유니폼은 다시
푸른 하늘 아래 서게 될 것이다.

천벌의 역설

하늘은 보고 있다,
백성의 숨결 하나하나를
목숨을 도박으로 내민 손,
그 손끝에 무너져 내리는 믿음의 탑

의료 대란의 거친 바람 속에서
누군가의 간절함이 꺾이고,
누군가의 생명이 사라진다
6·25의 흔적처럼,
역사의 상처는 반복되고 있다

보수라 자처하던 그대들이여,
궤멸의 그림자를 보지 못하는가?
경상도 토호당,
부정선거 음모론의 울타리 속에서
멈추지 않는 반목과 퇴행

독사의 자식들아

하늘은 말한다,
"백성을 잊은 자여,
그 길은 천벌로 이어질지니."
그럼에도 무릎 꿇지 않는 자들,
그대들의 아집은 또 하나의 내란이다

목숨의 무게를 도외시한 대가는
총선의 참패로 끝나지 않을 것이다
다가올 대선은
백성의 분노로 타오르는 불길이 되리라

하늘도, 땅도,
용서하지 못할 그날을 기억하라
백성의 숨결 위에
다시 세워질 희망의 깃발을 위해.

헌법의 목소리

당신은 묻습니다,
이것이 국무회의입니까?
절차 없는 회의,
명분 없는 결정은
어디로 향하는 바람입니까?

헌법은 말합니다,
"비상은 절차 위에 서야 한다.
국민의 이름으로,
그들이 지켜온 이 땅 위에서."
그러나 그날,
그 절차는 침묵했고,
그 이름은 지워졌습니다

강물처럼 흐르는 법의 길,
그 길을 끊은 것은 누구입니까?
어둠 속에서 국무위원들은
침묵 대신 자백을,
책임 대신 고백을 남깁니다

독사의 자식들아

전두환도 지켰던 것을,
당신은 왜 외면했습니까?
역사의 심판대는
결코 흐릿하지 않으며,
헌법재판소는 오늘도 묻습니다,
"그 날, 당신은 어디에 있었습니까?"

실체와 절차,
두 손으로 지탱해야 할 그 균형이
흔들릴 때,
국민은 고개를 들고
하늘에 묻습니다

"법이란 무엇입니까?
그것은 단순한 조문이 아닙니다.
그것은 우리가 쌓아 올린 신념,
함께 걸어온 길입니다."

헌법이 깨어난 밤,
그 목소리는 울림이 됩니다
그리고 우리는 다시 한번 배웁니다
절차 없는 정의는
결코 정의일 수 없다는 것을.

독사의 자식들아

양심의 깃발

어둠 속에서 내려진 명령,
무겁게 짓누르던 상관의 목소리.
그러나, 그 순간에도 빛을 잃지 않은
양심의 깃발이 흔들렸다

시민의 울음소리,
국회의 불빛 아래
군복 속에서 잠들지 못한 의식이 깨어나
지시를 거부한 손길들이 있었다

그들은 말했다
"무지함이 나를 가릴 수 없다.
모르는 것 또한 나의 책임이다."
명령보다 사람을 먼저 생각한
그들의 결단은
역사의 숨결 속에 새겨진다

계엄의 무게 아래
특수전 사령관, 여단장, 대대장,
이름으로 남지 않을 용기들이
진실을 말하기 위해
카메라 앞에 섰다

그들은 말하지 않았다
자신의 안전을 위해,
중형을 피하려
이 길을 선택했다고.
오직 정의를 위해
흔들리는 깃발을 부여잡았을 뿐이다

명령이 깨어진 자리,
양심이 자리했다.
그들은 죄인이 아닌
진실의 증인이 되었다.

독사의 자식들아

그리고 역사는 기억할 것이다
가장 어두운 순간,
그들이 선택한 빛을
양심의 깃발이
흔들리며 올바름을 외치던 날을.

황금폰의 진실

진실은 어둠 속에서
숨 쉴 수 없으니,
황금폰에 새겨진 비밀은
이제 드러나야 하리라

두 손에 쥔 권력의 도구,
명태균의 전화기는
어떤 이름들을 속삭였는가.
정치와 장사의 얽힌 그림자 속에서
누구의 손길이 다가왔는가

빛이 닿지 않은 기록들,
침묵 속에 갇힌 대화들,
그 안에 담긴 것은
우리의 믿음을 짓밟은 흔적일까

어둠에 숨어 있던 진실이
검은 구름처럼 쌓여갈 때,
우리는 묻는다.
이들의 장사에 흘러들어 간 권력의 냄새는
누구의 손길로 빚어진 것인가

독사의 자식들아

휴대폰 속 진실은
우리의 정의를 비추는 거울이어야 하리
그 거울 속에 비친 얼굴들이
어떤 이야기를 말할지라도,
우리는 두려워하지 않으리

진실을 숨기는 자여,
그 손을 풀어놓아라
황금폰 속에서 울리는
어둠의 목소리가
빛 속으로 터져 나오리니,

우리는 지켜보리라. 우리의 정의가
더 이상 속임에 무너지지 않도록,
그 진실의 무게를 감당하리라.

재즈는 멈추지 않는다

어느 무대 위,
멜로디가 울리고,
한 가수가 진실을 노래했다
그 노래는 단지 음표가 아니었고,
그 속에는 자유와 권리가 춤을 췄다

그러나 차가운 벽이 세워졌다
12·3 계엄의 그림자를 언급했다는 이유로
구미의 무대는 빼앗겼다
"정치를 말하지 말라."
서약서를 들이미는 손길 속에서
우리는 다시 묻는다
이 시대에, 이 땅에
표현의 자유는 어디 있는가?

노래는 생각의 확장이고,
음악은 영혼의 울림이라 했는데,
가수도 한 명의 국민으로서
말할 권리가 있다 했는데,
이 모든 것이 부정당할 때,
우리는 어떤 시대를 살고 있는가?

독사의 자식들아

하지만 재즈는 멈추지 않는다
억압의 소리가 커질수록,
트럼펫은 더 높이 외치고
드럼은 심장을 울린다
그들의 노래는 침묵하지 않는 법이다

우리는 기억할 것이다
구미의 그 차가운 밤을.
그리고 다시 결심할 것이다.
모든 목소리가 존중받는 세상,
모든 생각이 자유롭게 흘러가는 세상,
그 세상을 위해 나아가리라

재즈처럼 자유롭게,
그들처럼 꿋꿋이, 진실은 끝내 울려 퍼질 것이다.

두 개의 달이 떠오르는 밤

부러진 날개로 날아가는 너를 본다
너는 바람 속에서 흔들리면서도
희망의 줄기를 움켜쥐고 있었다

이 세상이 모두 미쳐버릴 것 같은 날,
우리는 어디로 향해야 할까?
지나간 투쟁의 흔적 위에
새로 피어나는 젊음의 외침이
우리의 오래된 상처를 어루만진다

오늘, 두 개의 달이 떠오르는 밤
너의 눈동자에 새겨진 별빛이
어둠 속에서도 길을 비추리라

너의 가슴에 맺힌 한은
우리가 너를 위해 지핀 불꽃으로
한 점씩 사라질 것이다

삼촌과 이모의 손길로
너의 길을 밝혀주리니
부러진 날개도 하늘을 품을 수 있다는 걸
우리가 너에게 보여주리라

독사의 자식들아

새로운 세상은 먼 곳에 있지 않다,
오늘, 여기
우리의 노래와 너의 날갯짓 속에 있다.

선결제

- 아이유에게 보내는 박수

추운 아스팔트 위,
찬바람이 헌법을 흔들던 그날,
민주시민들은 몸으로 바람을 막아섰다
그들의 목소리는 얼어붙지 않았고,
희망의 불씨는 꺼지지 않았다

누군가 말없이 손을 내밀었다
선결제라는 이름의 작은 등불,
그것은 단순한 돈이 아니었다
무너지는 정의를 세우고,
짓밟힌 인권을 일으키려는
한 시민의 결단이었다

가수 이전에,
대한민국의 시민으로서
옳은 길을 선택했던 그녀,
미래를 지키기 위한
단단한 마음의 울림이었다

독사의 자식들아

우리는 기억할 것이다
금액의 많고 적음이 아니라,
그 손길이 담은 용기와 사랑을.
옳은 길을 주저 없이 걸을 수 있는
그 결심의 빛을

아이유에게 뜨거운 박수를 보낸다
그 손길이 꺼져가는 촛불에 바람을 막아주었고,
그 용기가 추위 속에서도
우리에게 따뜻함을 남겼으니

탄핵의 밤이 지나고
나라가 다시 빛을 찾을 때,
우리는 기억할 것이다
아스팔트 위에 새겨진
그녀의 흔적을.

척결의 대상

탐욕의 그림자,
어디서부터 드리웠는가
헌법의 맹세는 외면한 채,
국민의 목소리는 메아리로 흩어지고
자기들만의 성을 쌓아 올린 자들

민생의 고통은 먼지가 되고
그들의 잔 속엔 탐욕의 술이 가득 찬다
투표함의 침묵 속에 반대의 손길
탄핵의 외침에 머뭇대는 발걸음
그들은 누구의 대변자인가,
국민의 이름으로 서 있다던 자들

정의는 가시밭길에 잠들고
권력은 무리의 이익으로 나누어진다
그러나 기억하라,
분노의 불씨는 꺼지지 않는다
국민의 힘은 곧 역사의 심판이니,
내란의 무리들은 허공에 사라질 것이다

독사의 자식들아

척결하라,
이 땅에 더는 탐욕의 뿌리를 내리지 못하도록
없애라,
그들의 성벽을 부수고
다시금 국민의 이름으로 세워진
참된 세상을 위하여.

이제 우리는 깨어난다,
침묵의 벽을 넘어
진실과 정의의 깃발 아래
모두가 함께 손을 맞잡을 날을 위해.

어느 배우의 외침

이 땅의 새벽은 무겁다,
진실은 외면당하고,
악의 웃음소리가 골목마다 스며드는 밤,
우리의 눈동자는 결코 감기지 않는다

어느 배우의 처절한 외침,
그는 말한다.
"구속만으로 끝나지 않는다."
그 검은 그림자 속
동조한 이들마저
우리의 숨결 아래 드러날 것이라

용서란 쉽지만,
그것이 정의를 묻는다면
우리는 답하지 않으리라
정의 없는 용서란
무너진 뿌리 위의 나무이기에

긴 세월이 남아 있음을 안다
우리는 웃음을 잃지 않으리라.
이 땅에 발붙이며
정의를 끝까지 노래하리라

독사의 자식들아

"처단하자!" 그 외침은
이 땅을 흔들고
우리 가슴 깊은 곳
꺼지지 않는 불꽃으로 피어나리라

그러니, 동지들이여
몸을 아끼고, 서로를 지키자
그날까지 버티며 나아가자
우리는 정의의 이름 아래
새로운 빛을 피울 것이다.

최후 통첩

이 땅의 이름으로,
겨울바람이 핏줄에 닿아 얼어붙는 이 거리에서,
나는 너에게 최후의 통첩을 보낸다

탐욕의 손아귀에 얽매인 너,
검은 권력을 휘두르며 빚어낸 아수라장.
민중의 분노는 네모난 광장 위에
불길처럼 번져가고 있다

너의 배부름에 마른 땅이 갈라지고,
너의 안일에 백성의 목소리가 잠식되었다
나라의 뿌리는 흔들리고,
정의는 희미한 그림자로 남아버렸다

저울은 기울어졌고,
법은 너의 손끝에서 유린당했다
그러나 기억하라,
민심은 강물처럼 거스를 수 없는 법.

이제 너에게 묻는다
어디로 향하고 있는가?
어디로 이 나라를 밀어내고 있는가?

독사의 자식들아

검은 옷을 벗고,
스스로 법정에 서라
그곳이 너의 마지막 양심이 될 것이다
죄를 묻는 민중의 심판 앞에
고개를 숙여라.

이것은 외침이다.
너에게 보내는 마지막 서신,
우리 민중의 최후통첩이다

불의는 오래갈 수 없다
민중의 함성은 결코 멈추지 않는다
그러니 기억하라,
그 끝은 이미 정해져 있다.

최후 진술

너에게 묻는다,
마지막 순간, 어떤 말을 적겠는가?
그 손끝으로 역사의 장을 더럽혔던 너,
이제 마지막 페이지를 쓰게 되리라

헌법을 외면하고,
민중의 아픔을 외면한 너의 시간들.
그 시간 속에서
조롱과 갈라침,
파탄 난 경제와 깨어진 신뢰,
이 모든 잿빛 폐허를 남긴 자여

너는 무엇을 보았는가?
탐욕의 길 끝에서,
검찰의 칼날로 정적을 베며
너는 무엇을 느꼈는가?

민중의 피 묻은 한숨이
네 이름을 저주로 불렀고,
갈라진 마음들이
너를 심판의 자리로 이끌었다

독사의 자식들아

이제는 답하라
너의 마지막 양심을 꺼내 보이라
그 한 점의 빛조차 없었다면,
너는 대체 무엇을 위해 살아왔는가?

네가 남길 최후의 문장은
결국 민중의 고통 속에서 심판받을 것이다
그 글씨가 무엇이든,
우리는 그것을 정의의 칼날로 새길 것이다

역사는 묻고 있다
너는 어떤 진술로
너의 죄를 침묵하게 하겠는가?
그것이 마지막이라면,
너의 진실은 어디에 있는가?
민중은 기억할 것이다
너의 죄와, 너의 침묵과,
그리고 네가 썼던 최후의 한 줄까지.

윤석열 탄핵의 단상

주인은 국민이다
그러나 거울을 마주한 오늘,
우리 자신에게 묻는다
누구의 손에 우리의 생사권을 맡겼던가?
자격 없는 자의 발밑에 깔린
우리의 꿈과 희망은
결국 우리의 선택에서 비롯된 것

사람의 가치를 모른다면,
그들의 손길은 칼날이 되고
그들이 쥔 권력은 쇠사슬이 된다
무자격자의 발자취는
우리의 삶을 황폐하게 하며,
그 손실은 고스란히
우리의 몫이 된다

독사의 자식들아

경제의 땅은 이미 갈라졌고,
노동의 땀은 더 이상
정당한 대가로 돌아오지 않는다
하루 8시간의 수고로움은
300백만 원이 아니라 200백만 원에 팔리고,
피폐한 현실 속에서
노동자는 더 낮은 곳으로 밀려난다

다시는 허락하지 말자
무자격자에게 우리의 미래를,
우리의 생사권을 넘기지 말자
잘못된 선택은
희망의 싹조차 짓밟는 칼날이니

이제 우리의 손으로,
주권의 빛나는 칼을 들어라.
그 칼은 정의로워야 하고,
그 선택은 명확해야 한다
우리의 삶은, 우리의 선택에 달려 있다

주인은 국민이다
반성과 다짐으로 일어서라
탄핵은 단순한 끝이 아니라,
새로운 시작이니
국민의 목소리로 세운 나라,
그 나라의 내일은
결코 흔들리지 않으리라.

독사의 자식들아

남태령 승전보

남태령, 그 고갯길에서
사람과 차의 발걸음이 멈췄다
거친 숨 몰아쉬며
전국에서 달려온 트랙터들,
쇠바퀴 위에 실린 것은
곡식이 아니라
억압 속에서 타오른 한과 고통이었다

막힌 길 위에서
우리는 무엇을 보았는가
상식의 이름으로 뒤집힌 탐욕,
헌법의 첫 장을 찢어낸 오만,
법과 원칙이라 포장된 독재가
희망을 산산이 부숴버렸다

군화가 울리는 계엄의 메아리,
형제를 찢고,
가족의 밥상을 얼어붙게 했다
나라를 지키라던 이들이
나라를 짓밟을 때
우리는 침묵 속에 분노했다

그러나 남태령, 그 고갯길에서
트랙터의 바퀴는 멈췄으나
우리의 염원은 멈출 수 없다
엉망이 된 대지 위에도
우리는 다시 씨앗을 뿌린다
끊어진 줄 위에 다리를 놓아
사람과 사람이 만나게 한다

피폐해진 삶을 넘어
깊어진 형제의 갈등을 넘어
우리는 이 땅을 다시 일으켜야 한다
남태령의 바람처럼,
끝없이 부는 저 희망처럼

백절불굴의 정신으로 타오르던
120여 년 전 농민들의 불씨는
오늘, 응원봉의 빛이 되어
윤석열 퇴진의 함성 속에 피어난다
그 함성은 자유와 민주주의의 불꽃이 되어
역사의 견고한 기둥을 세우리라

독사의 자식들아

남태령에서 울리는 발걸음은
새로운 길을 여는 승전보가 되어
끝내 정의와 희망의 이름으로
우리 모두의 미래를 밝히리라.

탄핵은 새로운 출발

탄핵은 희망의 이름,
분노와 한숨 속에서 피어난 불씨가
꺼지지 않는 횃불이 되어
민초의 가슴마다 새겨졌다

길거리마다, 광장마다
수많은 발걸음이 만든 산맥 위로
새벽은 어김없이 찾아오고,
그 빛은 어둠을 가르고 퍼져간다

불의는 찬란한 빛을 두려워하고
탐욕은 그들만의 성벽에 갇혔으나,
민심은 흐르는 강물처럼 굽이치며
거대한 역사의 물결을 일으킨다

윤석열, 그 이름은 무너진 기둥,
휘청이는 나라의 그림자였으나,
민초의 바람은 거칠고 단단하여
낡고 허물어진 뿌리를 치우고
새로운 희망을 심는다

독사의 자식들아

탄핵은 끝이 아닌 시작,
더 나은 내일을 향한 맹세의 불씨,
대한민국이라는 이름 아래
우리의 깃발은 더욱 높이 날아오른다

불의는 결코 정의를 이기지 못하고
탐욕은 결국 불행을 낳는다
빛은 강하다
그리고 이 땅은,
이 민심은,
영원히 찬란히 빛나리라.

넥타이를 풀다

넥타이를 푼 손,
그날은 더 이상 책상이 아니라
거리의 돌바닥을 붙들었다
서류철을 덮은 눈빛이
차가운 바람 속에서 타올랐다

이름 없는 넥타이 부대,
그들은 침묵의 사무실을 떠나
외침의 광장으로 나아갔다
마른 손바닥에 새겨진
아이들의 꿈,
아내의 미소,
그리고 잃어버린 봄날의 향기

그들이 쥔 것은
더 이상 펜이 아니었다
거짓과 폭력을 찢는 외침,
진실로 묶인 손.
넥타이는 깃발이 되어
바람 속에서 흔들렸다

독사의 자식들아

6월의 거리엔
눈물이 젖었고,
함성 속에 희망이 피었다
그들은 묻지 않았다.
"왜 우리가?"
대신 외쳤다.
"왜 우리가 아니면 안 되는가!"

넥타이 부대의 발걸음은
학생들과 어깨를 맞췄고,
시민들과 손을 잡았다
그날의 바람은
그들의 바람이었다
자유,
존엄,
그리고 내일
우리는 기억해야 한다
넥타이를 풀던 그날의 손,
그들의 땀이 적신 민주라는 이름
그들의 바람은 여전히 흐르고 있다
오늘도,
우리가 걷는 길 위에.

은박담요 눈사람의 외침

한남동 관저 앞,
영하의 밤을 가르며
눈발은 거세지고,
시민들의 외침은 얼어붙지 않았다

은박 비상담요 위에
눈이 쌓여 눈사람이 되고,
움직임마저 고요한 그 자리에
분노는 눈보다도 뜨겁게 타올랐다

법이 침묵하고
정의가 가려진 이 땅에서,
그들은 아스팔트 위에 앉아
희망의 자국을 새기고 있었다

한파 속에서도 떠나지 못하는 이유,
억눌린 목소리, 무시된 체포영장,
그리고 경호처의 방패를 뚫고
진실을 부르짖는 그들의 목소리

독사의 자식들아

눈은 쌓여 길을 덮었지만,
시민들이 일어선 자리엔
아스팔트의 진실이 드러났다
발자국마다 새겨진 그리움과 분노,
나라를 되찾고자 하는 의지가 빛났다

시간은 흐르고,
눈발은 점점 더 거세지지만
그들은 멈추지 않았다
눈 속에서 외친 목소리,
내일 자정을 향해 뻗은 희망

이 겨울의 끝엔
눈처럼 맑은 정의가 내리길,
그들의 외침이
차디찬 세상을 깨우길.